U0075688
勇闖異世界
8
くまなの
Illustrator029
Kadokawa Fantastic Novels

▶優奈 'S STATUS_

技能

▶**異世界語言**
可以將異世界的語言聽成日語。
說話時傳達給對方的內容也會轉變成異世界語言。

▶**異世界文字**
可以讀懂異世界的文字。
書寫的內容也會轉變成異世界文字。

▶**熊熊異次元箱**
白熊的嘴巴是無限大的空間。可以放進（吃掉）任何物品。
不過，裡面無法放進（吃掉）還活著的生物。
物品放在裡面的期間，時間會靜止。
放在異次元箱裡面的物品可以隨時取出。

▶**熊熊觀察眼**
透過黑白熊服裝的連衣帽上的熊熊眼睛，可以看見武器或道具的效果。不戴上連衣帽就不會發動效果。

▶**熊熊探測**
藉由熊的野性能力，可以探測到魔物或人類。

▶**熊熊地圖ver.2・0**
可以將熊熊眼睛看到的地方製作成地圖。

▶**熊熊召喚獸**
可以從熊熊手套召喚出熊。
黑熊手套可以召喚出黑熊。
白熊手套可以召喚出白熊。
召喚獸小熊化：可以讓熊熊召喚獸變成小熊。

▶**熊熊傳送門**
只要設置傳送門，就可以在各扇門之間來回移動。
在設置好的門有三扇以上的情況下，可以透過想像來決定傳送地點。
傳送門必須要戴著熊熊手套才能夠打開。

▶**熊熊電話**
可以和遠方的人通話。
創造出來以後，能維持形體直到施術者消除為止。不會因為物理衝擊而損壞。
只要想著持有熊熊電話的對象就能接通。
來電鈴聲是熊叫。持有者可藉由灌注魔力切換開關，進行通話。

魔法

▶**熊熊之光**
藉由聚集在熊熊手套上的魔力，可以產生熊熊形狀的光球。

▶**熊熊身體強化**
將魔力灌注到熊熊裝備，就可以進行身體強化。

▶**熊熊火屬性魔法**
藉由聚集在熊熊手套上的魔力，可以使用火屬性的魔法。
威力會與魔力、想像呈正比。
如果想像出熊的模樣，威力會變得更強。

▶**熊熊水屬性魔法**
藉由聚集在熊熊手套上的魔力，可以使用火屬性的魔法。
威力會與魔力、想像呈正比。
如果想像出熊的模樣，威力會變得更強。

▶**熊熊風屬性魔法**
藉由聚集在熊熊手套上的魔力，可以使用風屬性的魔法。
威力會與魔力、想像呈正比。
如果想像出熊的模樣，威力會變得更強。

▶**熊熊地屬性魔法**
藉由聚集在熊熊手套上的魔力，可以使用地屬性的魔法。
威力會與魔力、想像呈正比。
如果想像出熊的模樣，威力會變得更強。

▶**熊熊電擊魔法**
藉由聚集在熊熊手套上的魔力，可以使用電擊魔法。
威力會與魔力、想像呈正比。
如果想像出熊的模樣，威力會變得更強。

▶**熊熊治療魔法**
可以使用熊熊的善良心地治療傷病。

裝備

▶**黑熊手套（不可轉讓）**
攻擊手套，威力會根據使用者的等級而提升。

▶**白熊手套（不可轉讓）**
防禦手套，防禦力會根據使用者的等級而提升。

▶**黑熊鞋子（不可轉讓）**
▶**白熊鞋子（不可轉讓）**
速度會根據使用者的等級而提升。
根據使用者的等級，可以長時間步行而不會感到疲勞。

▶**黑白熊服裝（不可轉讓）**
外觀是布偶裝。具有雙面翻轉功能。

正面：黑熊服裝
物理與魔法防禦力會根據使用者的等級而提升。
具有耐熱與耐寒功能。

反面：白熊服裝
穿著時體力與魔力會自動回復。
回復量與回復速度會根據使用者的等級而提升。
具有耐熱與耐寒功能。

▶**熊熊內衣（不可轉讓）**
不管使用多久都不會髒。
是不會附著汗水和氣味的優秀裝備。
大小會根據裝備者的成長而變化。

176 熊熊訂做布偶

自王都歸來的我從早上就開始和熊緩與熊急懶洋洋地賴在床上。躺著躺著就在不知不覺中睡了回籠覺，清醒的時候，上午的時間已經過去了。

總不能一直賴在床上，於是我從白熊服裝換成黑熊服裝，簡單吃過飯後，前往雪莉工作的裁縫店。

為了芙蘿拉大人，我要跟她訂做熊緩和熊急的布偶。如果能多做幾個，也可以送給孤兒院的孩子，或是裝飾在房間裡。

我穿著熊熊布偶裝在克里莫尼亞城裡走動，但和王都不同，這裡不會有人對我投以令人不悅的視線。雖然也有些人會盯著我看，但人數不像王都那麼多。走在王都的街上，會有嘲笑、好奇、驚訝等各式各樣的目光集中到我身上。可是，克里莫尼亞愈來愈少發生同樣的情形。這或許就代表我的熊熊打扮在這座城市已經是眾所周知的事了。

我一邊想著這種事一邊走著，抵達裁縫店。店裡販售著服裝和布料、縫線等商品。

我走進店內時看到幾名客人正在挑選商品。有個三十歲左右的女性正在接待這些客人——是僱用雪莉的娜爾小姐。

接待完顧客的娜爾小姐走到我的面前。

「優奈，歡迎。妳是來買衣服的嗎？」

明明知道我不穿普通衣服，她還是用業務式微笑問道。

「要不要我幫妳挑幾件適合妳的漂亮衣服？」

「那也不錯，可是我今天有別的事。雪莉在嗎？」

「雪莉？她應該在裡面跟我老公一起做衣服喔。」

「她現在很忙嗎？」

「沒有趕著交貨的工作，沒問題。我去叫她，妳等一下喔。」

娜爾小姐走到屋內呼喚雪莉。然後雪莉晃著留到肩膀的頭髮，從裡頭小跑步出來。

「優奈姊姊！」

「抱歉打擾妳工作。」

雪莉搖了搖頭。

「不會，沒關係。對了，有什麼事嗎？我聽說優奈姊姊有事找我。」

「我想請擅長裁縫的雪莉做一樣東西。如果妳的工作很忙，下次再談也沒關係。」

「我剛才也說過了，沒關係的。雪莉，妳可以休息一下，到裡面的房間跟優奈聊聊吧。」

娜爾小姐從雪莉的背後幫她說話。

我接受娜爾小姐的好意，借用了裡面的房間。

店內有個小房間，可以供人休息。我們在椅子上坐下。

「那麼，請問優奈姊姊想找我做什麼呢？」

「我想請妳做熊緩和熊急的布偶。」

這個世界也有人偶和布偶。我走在街上時，有遠遠看過小孩子抱著布偶。

「熊緩和熊急的布偶嗎？」

「嗯，做得出來嗎？」

聽到我這麼問，雪莉暫時陷入思考。她的表情變來變去，最後輕輕點頭。

「……那個，是，應該做得出來。可是在做之前，可以讓我仔細看看熊緩牠們嗎？不過這裡好像太小了。」

雪莉環顧房間。這個房間並不大，室內放著桌椅和其他各種雜物，沒有能召喚熊緩牠們的空間。不過，這指的是普通尺寸的熊緩和熊急，如果是小熊尺寸的熊緩和熊急就沒有問題。

「沒問題。」

我這麼說完後，把右手的黑熊玩偶手套伸向前，先在桌子上召喚出小熊化的熊緩。

「哇啊啊！」

雪莉看到小熊化的熊緩，驚訝地大叫。

「優奈姊姊！這隻小熊是怎麼回事？」

「牠是熊緩喔。因為是召喚獸，所以也可以變小。」

雖然不能變大。

「好可愛喔。」

我說明完熊緩的事，雪莉握住了熊緩的兩隻前腳。

「我想做這種尺寸的布偶，可以嗎？」

「是、是，沒問題。啊，請等一下。」

雪莉這麼說完後，拉開後面的抽屜找起東西。她找到想找的東西後走了回來。

「優奈姊姊，可以讓我量一下熊緩的尺寸嗎？」

雪莉用力拉開布尺。

「可以啊。熊緩，可以吧？」

熊緩輕輕叫了一聲「咿～」，坐在桌子上。

「那麼熊緩，我先量你的前腳喔。」

雪莉靠近熊緩，把布尺按在熊緩的前腳上，然後作筆記。

「前腳掌大小是……這次換後腳喔。腳底也可以給我看看嗎？」

熊緩坐著露出腳底，雪莉則用布尺測量尺寸。

「現在要量腰圍，不要動喔。」

熊緩聽從雪莉的指示，一動也不動。

「接下來是尾巴。」

熊緩轉了半圈，背對雪莉，露出可愛的尾巴。雪莉把布尺按在搖晃的尾巴上。

「也讓我量一下頭喔。」

熊緩點點頭。

雪莉把布尺按在熊緩的頭上，連耳朵等地方也仔細測量。

一想到如果自己受到同樣的對待，我就覺得很恐怖。被測量全身的尺寸好可怕。

我不寒而慄。

「優奈姊姊，妳怎麼了？」

「沒、沒什麼。不說我了，妳量好了嗎？」

「是。熊緩的尺寸全部都量好了。」

雪莉手邊的筆記本上詳細記載著熊緩的體格數據。如果這是我的資料，我一定會把它撕碎再燒成灰燼。

「不只是熊緩，也要做熊急的布偶喔。」

「牠的尺寸和熊緩一樣吧？」

「妳也要量熊急的尺寸嗎？」

「要！」

我召喚熊急，讓雪莉同樣測量牠的尺寸。不過，熊緩和熊急就像雙胞胎，大小應該相同。因此，牠們的尺寸沒有差異。頂多是顏色和表情有點不一樣。

「那麼，大概要多久能做好？」

「嗯～畢竟還有工作。利用晚上的時間……」

「雪莉，妳在煩惱什麼？」

一個三十歲左右的苗條男人從隔壁的房間走來。

「泰摩卡先生。」

出現的是娜爾小姐的丈夫——泰摩卡先生。他就是教雪莉做衣服、刺繡技巧的人。

「優奈，妳好。」

「我借用了一下雪莉。」

「沒關係，我們店裡沒有那麼忙。對了，雪莉在煩惱什麼？」

泰摩卡先生溫柔地向雪莉問道。

「優奈姊姊請我做熊緩和熊急的布偶。」

「熊緩和熊急是這兩隻小熊嗎？」

泰摩卡先生看著坐在桌上的熊緩和熊急。

「是的，牠們是熊緩和熊急。」

「這就是傳聞中的優奈的熊啊，真可愛呢。」

「是，非常可愛。」

泰摩卡先生先看了看熊緩牠們和雪莉，然後沉思了一下。

「嗯，既然這樣，妳可以暫時放下工作。」

「可是……」

雪莉對這個突然的提議感到不知所措。這也是當然的。突然聽說自己可以放假，不論是誰都會疑惑。

「就如我剛才所說，店裡沒有那麼忙。這家店以前都是我跟娜爾兩人單獨經營，沒問題。而且這份工作可以學到東西，妳就做做看吧。」

「真的可以嗎？」

「如果有不懂的地方，我會教妳的，要加油喔。」

「那個，謝謝泰摩卡先生。我會努力的。」

雪莉很高興地回答。看來雪莉好像有個很善良的老師。

泰摩卡先生夫妻倆沒有小孩。所以，他們就像對待親生女兒一樣疼愛雪莉。據院長所說，他們似乎有意收養雪莉。

現在夫妻倆打算暫時觀察情況。如果突然提出收養的事，雪莉可能會拒絕，所以他們似乎打算等到感情更深厚，如女兒一般時再告訴她這個決定。

「店裡的東西妳可以自由使用喔。」

「可以嗎？」

「做布偶也是種學習嘛。」

泰摩卡先生溫柔地撫摸雪莉的頭。但我占用雪莉的時間，可不能連材料都讓人家幫我準備。

「我會確實支付材料費，所有費用都算到我的帳上吧。還有，不要在意失敗，儘管去做。」

偉人有云，失敗為成功之母。玩遊戲也一樣，如果因為用了錯誤的方法而敗給敵人，用不同的方法戰鬥就行了。

她要從零開始製作熊熊布偶，難免會失敗，失敗的話也會花掉一些材料費。我希望雪莉可以不怕失敗，勇於嘗試。

「優奈姊姊，謝謝妳。」

「是我拜託妳做事，怎麼是妳跟我道謝呢？」

我對雪莉微笑。

「那麼，泰摩卡先生，我可以現在就開始製作嗎？」

「看到妳的表情，我就沒辦法阻止妳了。店裡沒有很急的工作，妳可以自由行動。」

「謝謝泰摩卡先生。」

獲得許可的雪莉開心地開始準備製作布偶。

為了不要妨礙到充滿幹勁的雪莉，我對泰摩卡先生道了謝後離開店裡。

嗯，真期待玩偶完成。

177 熊熊收到邀請函

向雪莉訂做布偶後，我來到冒險者公會。

我要去領取在礦山賺到的報酬。自從打倒魔偶後，已經過了好幾天，委託應該已經完成了。

我聽說那邊會通知克里莫尼亞的冒險者公會，所以到冒險者公會應該就能拿到委託金。

我走進冒險者公會，對櫃台的海倫小姐提起我在王都承接的委託。

「優奈小姐，妳在王都承接了委託嗎？」

海倫小姐接過我的公會卡，幫我查詢資料。

「是礦山的魔偶調查和掃蕩對吧。是，我們確實有收到王都的報告。委託已經完成了。」

聽說礦山已經沒有魔偶出沒，開採工作也回到常軌了。原因果然是祕銀魔偶或熊礦嗎？

雖然取得的熊礦讓我很在意，但矮人的城市很遠，所以我決定暫時把它擱在一邊。

我從海倫小姐那裡拿回公會卡，領取委託報酬。

「對了，優奈小姐。」

海倫小姐露出有點嚴肅的表情。

「什麼事？」

「我從女性冒險者那裡聽說，妳似乎開始賣一種非常美味的食物。」

「妳是指蛋糕嗎？」

「請問能不能預約呢？下班再去買的話，東西都賣光了。我還要再過一陣子才會休假。」

聽到海倫小姐的話，其他公會小姐也點點頭。蛋糕的確很受歡迎，公會的上班時間結束時，早就全部售完了。不要說蛋糕了，我的店連打烊的時間都很早。

「上次我問店裡的孩子能不能預約或保留，但他們說沒有這種服務。」

堤露米娜小姐好像說過有很多人想預約，可是她全部都拒絕了。我隱約記得自己當時好像隨便回了幾句，只說「交給堤露米娜小姐決定吧」。

「噯，可以拜託妳嗎？」

海倫小姐雙手合十拜託我。

「海倫，只有妳這樣。太狡猾了。」

「就是嘛。竟然只拜託自己的份。」

坐在隔壁櫃台的兩名公會小姐抗議。

「我和優奈小姐是朋友。」

我們什麼時候變成朋友了？我沒有這麼吐槽。

姑且不論是不是朋友，我的確受到海倫小姐不少照顧。

「預約可能有點不方便。」

「果然不行嗎……」

公會小姐們露出悲傷的表情。要聽人把話說到最後啦。

「我現在帶著蛋糕，請公會的職員們一起來吃吧。」

我從熊熊箱裡取出整個草莓蛋糕。一看到蛋糕，公會小姐們的臉色都變了。

這個蛋糕是涅琳練習時做的，味道應該差別不大。

「這就是傳聞中的蛋糕嗎？」

「大家一起分著吃吧。」

「那個，要多少錢呢？」

「不用啦。我們不是朋友嗎？這次算我請客。」

「優奈小姐！」

海倫小姐站起來，用力握緊我的熊熊玩偶手套。

「謝、謝謝妳。」

「妳太誇張了啦。」

「因為女性冒險者們總是跟我炫耀，說蛋糕很好吃。我真的好羨慕她們。」

「如果妳喜歡，放假時再來我店裡吃吧。」

「當然了，我一定會去吃。」

海倫小姐身旁的兩名公會小姐也對我道謝。

回到熊熊屋後，我決定和熊緩和熊急一起玩。牠們在王都都很賣力，得給牠們一點獎勵。

「熊緩、熊急，過來這邊。」

我抱起朝我快步走來的兩隻熊。

在晚餐時間前，我跟熊緩和熊急玩耍的時候，有人來我家拜訪。

我打開門，看到氣喘吁吁的菲娜。

「怎麼這麼慌張？發生什麼事了？」

「那、那個，信、信……」

嗯，我聽不懂妳在說什麼。

聽菲娜說話之前，我從熊熊箱裡拿出裝了水的水壺和杯子給她。菲娜一口氣喝完水，調整呼吸。

「所以，怎麼了？」

我再問了一次。

「優奈姊姊有收到信嗎？」

「信？」

菲娜的手裡捏著看似信件的東西。這麼一說我才發現，我從來沒有注意自己的信箱。

這個世界沒有人會寄信給我。訂正，不管是原本的世界還是異世界，都沒有人會寄信給我。

「請確認一下。」

「嗯，我知道了。」

被菲娜催促，我確認熊熊形狀的信箱。喔，裡面有一個信封。

「太好了，優奈姊姊也有收到。」

菲娜安心地吐出一口氣。我應該沒有會寄信給我的熟人，是誰呢？我看了寄件人的名字。

信封上寫著米莎娜．法蓮格侖。米莎娜．法蓮格侖？是誰來著？好像在哪裡聽過。

「這是菲娜認識的人嗎？」

「是米莎娜大人啦。去王都參加國王的誕辰慶典時在路上遇到的貴族，米莎大人。」

叮咚！

我想起來了。米莎是暱稱，米莎娜才是名字。因為上面寫著米莎娜，我一時沒有會意過來。

可是，為什麼米莎會寫信給我？

總之為了詢問詳細情形，我請菲娜進屋。

「妳看過信了嗎？」

「是……我看過了……裡面是米莎大人的慶生會邀請函。」

「慶生會邀請函？」

我打開信封，閱讀信件。的確就如菲娜所說，這封信是米莎的慶生會邀請函。

「嗚～優奈姊姊就算了，為什麼米莎大人會寄邀請函給我呢？那是貴族大人的慶生會耶。」

菲娜一臉困擾地看著自己收到的信。

可是真要說的話，去王都時，跟米莎比較要好的菲娜受到邀請的可能性比我高。她們在王都時好像也有一起出門玩。

「優奈姊姊，拒絕的話會怎麼樣呢？」

就算妳這麼問我，我也不可能知道答案。

我根本不知道異世界貴族的規矩。而且，我也覺得參加慶生會很麻煩。我在原本的世界也沒有參加慶生會的經驗，更別說是貴族的慶生會了。雖然對米莎很抱歉，但如果有其他貴族要去，我不想參加。再說，在一群穿著漂亮禮服的人之中，如果只有我一個人穿著熊熊布偶裝參加，簡直就像個搞笑藝人。

雖然我不是菲娜，卻也想拒絕。我可以拒絕嗎？

對貴族不了解的我們兩個人就算想破頭也得不出答案。

既然如此，只能去問知道答案的人了。

「只能去問克里夫和諾雅了。」

「克里夫大人和諾雅大人嗎？」

「既然我們都收到邀請函了，諾雅應該也有收到。」

今天已經很晚了，所以我們決定明天早上一起去諾雅家拜訪。

178 熊熊找克里夫商量

隔天，我和菲娜一起前往克里夫的宅邸。

我們向大門的衛兵打招呼後被帶進屋裡，來到平常的那個房間。我們坐在沙發上等待。坐在我旁邊的菲娜很緊張。

「菲娜，妳還好嗎？」

「是。我還好。」

菲娜這麼說，但她看起來實在不像沒問題。我還以為她在王都跟諾雅變得很要好了，好像還是會緊張。

「我想到要見克里夫大人，就覺得好緊張。」

看來她感到緊張的對象不是諾雅，而是克里夫。

她曾經在王都住過艾蕾羅拉小姐的宅邸，也見過國王，如今照理說應該不會因為要見克里夫就緊張才對。

「妳都見過國王了，克里夫根本沒什麼好怕的吧。」

「我還是會怕！對我來說，領主大人也和國王陛下一樣。平民本來是沒辦法見到領主大人，也不能進到宅邸裡的。像我這種百姓可以坐在沙發上嗎？要是惹人家生氣怎麼辦？優奈姊姊，我是不是站著比較好？」

「不用啦。如果克里夫敢凶菲娜，我來跟他吵。」

「我不會凶她的，別跟我吵。」

克里夫和諾雅走了進來。

「你偷聽？」

「只是碰巧聽到而已。」

「優奈小姐、菲娜，歡迎妳們。」

諾雅從克里夫身後探出頭來。

「諾雅，抱歉一大早就來打擾。」

「兩、兩位早安。打、打擾了。」

我依然坐著，菲娜則站起來低頭打招呼。

「不會，如果是優奈小姐和菲娜，我隨時都很歡迎。」

克里夫和諾雅兩人在隔著桌子的對面沙發上坐下。

「謝謝。那我就馬上進入正題了，可以跟你們商量一件事嗎？」

「妳是指米莎娜的事吧。我正打算晚點派人到妳們那裡。」

「諾雅果然也收到慶生會的邀請函了嗎？」

「是啊，我們也收到了。而且葛蘭老爺也希望我帶妳們過去。」

對了，葛蘭先生在我購買王都土地的時候幫助過我。

「這件事可以拒絕嗎？」

「妳要拒絕嗎？」

「因為我們這種平民參加貴族大人的慶生會，不是很格格不入嗎？就算有收到邀請函，我們也不敢隨便去參加。」

我身旁的菲娜點頭如搗蒜。

「這不必擔心，米莎娜的慶生會只有親朋好友會參加。」

「可是……」

我也很想米莎，但貴族大人的慶生會才是我不想去的理由。

「而且我和諾雅也會去。如果發生什麼事，我會處理。」

「你也會去？」

就算是熟識貴族的女兒的慶生會，身為領主的克里夫離開城市去參加好嗎？

「是啊，話雖如此，我要參加的是葛蘭老爺的慶生會。」

「葛蘭先生的？」

「在孫女米莎娜的慶生會之前，葛蘭老爺要過五十歲的生日。我是要去參加那場，打算順便帶妳們過去。平常我不會參加，但畢竟是五十大壽，所以這次我會出席，順道去參加米莎娜的慶生會，所以不需要顧慮。」

「優奈小姐和菲娜也一起去嘛，很好玩喔。而且米莎應該也很想妳們。」

「可是我……」

菲娜低下頭。

「菲娜也很想見米莎吧？」

「可是……」

「如果妳不去，米莎會很傷心的。她說不定會哭喔。」

「嗚！」

「米莎還特地問我妳們兩個人的住址，親自寄了邀請函呢。」

所以才會寄到我們家啊。我一直很疑惑為什麼我們明明沒有告訴她住址，信件卻能送達。

「如果妳不去，她就太可憐了。」

的確，就是因為她希望我們去，才會寄邀請函來吧。我們知道她這麼做絕對沒有惡意。

「如果妳寄了邀請函給優奈小姐，她卻沒有來，妳也會難過吧。如果是我寄邀請函給妳而妳不來參加，我也會很傷心。」

諾雅做出有點悲傷的動作。看到這種表情，菲娜就不忍心拒絕了吧。

「……我、我知道了，我去。」

她果然不忍心拒絕，諾雅真是壞心眼。可是我懂諾雅說的道理，所以無法反駁。

「既然菲娜要參加，優奈小姐也會參加吧？」

聽到諾雅這麼說，菲娜轉頭看著我。菲娜的眼神就好像在說「請跟我一起去」。

我不能讓菲娜一個人去。如果我說不去，菲娜應該會哭吧。

「我也會參加。」

「太好了，這樣就可以跟熊熊一起出門了。」

我表明要參加後，諾雅非常開心。

該不會這才是她真正的目的吧？

「那麼，菲娜，我們來挑選要穿去慶生會的禮服吧。」

「咦！」

諾雅抓住菲娜的手，把她拉走。

「優奈姊姊！」

菲娜看著我尋求協助，但我不想被捲進這件事，於是用笑容目送她們。被拉著走的菲娜不敢用強硬的態度拒絕，被帶出房間。

嗯，反正只是要挑選禮服而已，不會死人的。我對房門雙手合十。

「那麼，五天後出發，妳們一早就來我家吧。」

克里夫對女兒的行為什麼也沒有說，談起今後的計畫。

「米莎住的城市很遠嗎？」

「不，不算很遠。搭馬車大概兩天。」

這麼，騎熊緩牠們可以在幾小時內抵達吧。

「我完全不知道貴族的慶生會是什麼樣子，需要準備什麼嗎？」

「需要的東西我會準備。妳就準備米莎娜會喜歡的禮物吧。」

喔，禮物啊。

「送寶石或禮服就好了嗎？」

「收到那種禮物，米莎娜怎麼可能會開心啊。」

「就算你這麼說，我也不知道貴族女孩會喜歡什麼嘛。」

「送裝飾在妳店裡的那種熊娃娃就好了吧。如果是那個，她應該會開心。」

「那種東西就夠了嗎？」

「如果是我女兒就會很喜歡。」

也對。

嗯？可是，如果她會喜歡店裡的熊熊擺飾，送現在正在製作的熊緩和熊急的布偶說不定也不錯。

送布偶給小女生是很常見的事。

「謝謝，我會當作參考。那我要回去了，菲娜的事可以交給你嗎？」

「嗯，我會好好照顧她，放心吧。」

我拋棄菲娜……咳咳，因為菲娜正在挑選要穿去慶生會的禮服，所以為了不打擾她，我一個人離開了宅邸。

貴族的慶生會啊，希望不會發生什麼麻煩事。

179 熊熊提升商業階級

我拋棄了菲娜。

一想到菲娜，我覺得她可能也正在煩惱該送什麼禮物才好。就連我都感到煩惱了，菲娜不可能不煩惱。

我試著想像，腦海中浮現她煩惱地說「要送什麼才好呢？」、「嗚嗚，我沒有東西可以送給人家」的表情。

如果菲娜不知道要送什麼，我們兩個一起送一份禮物也不錯。

另外說到常見的禮物，應該是蛋糕吧？現在好不容易能做蛋糕，做一個生日蛋糕或許也是個好點子。或許可以做雙層蛋糕，用調色過的草莓奶油寫上「生日快樂」。生日一定會吃蛋糕，她想必會很高興。只要放到熊熊箱裡就不會壞掉，味道也不會變差。

而且如果送蛋糕，菲娜也能一起做。等到菲娜挑完禮服，我用熊熊電話問她好了。

在那之前，我就隨便打發時間吧。

「優奈小姐。」

我正在思考要去哪裡打發時間時，有人向我搭話。

原來是商業公會的莉亞娜小姐。莉亞娜小姐是我在購買安絲的店時幫助過我的人。

「莉亞娜小姐，妳好。」

「優奈小姐，妳正要去商業公會嗎？」

「商業公會？沒有耶。」

店裡的工作都交給堤露米娜小姐處理了，所以我不會去商業公會。

「這樣啊。我還以為妳從堤露米娜小姐那裡聽說了那件事，前來商業公會呢。」

「我上次見到堤露米娜小姐的時候，沒聽說有什麼事啊。」

我們幾天前見過面。可是，她當時什麼也沒有說。

「喔，不好意思。那是昨天告訴她的。」

那我就不知道了。

「所以，找我有什麼事嗎？」

「因為妳的商業公會階級提升了，所以我請堤露米娜小姐轉達，請妳來商業公會一趟。」

「公會階級提升了？」

我不太記得自己做了什麼。

我想得到的原因只有莫琳小姐和安絲的店。另外就是孤兒院的蛋的銷售額吧？

「從F級提升到E級，一般來說會花上一年的時間呢。」

「是嗎？」

「一般人會腳踏實地地努力，慢慢提升銷售額。然後過了約一年，營業狀況上軌道後階級才會提升。其中也有收支不見起色而放棄從商的人。」

和冒險者公會不同，想在商業公會升上E級真辛苦。

「我會幫妳辦理手續，有時間的話，要不要現在前來公會呢？」

反正我正想要打發時間，所以我決定去商業公會一趟。

我和莉亞娜小姐一起往商業公會走去。

「對了，莉亞娜小姐怎麼會來這裡？」

現在這個時間，她應該在公會工作才對。

「我正在跑外勤。」

「原來妳的工作不只要顧櫃台啊。」

「我有時候也會到店家辦事。雖然有些人會到商業公會露臉，但也有些人不會來。」

我和莉亞娜小姐閒話家常，走著走著就來到了商業公會。

「可以稍等一下嗎？我報告完就馬上回來。」

莉亞娜小姐往深處的辦公室走去。我在牆邊的椅子上坐下，等待莉亞娜小姐。平常經常可以看到米蕾奴小姐坐在櫃台，今天她卻不在。她正在乖乖地做著公會會長的工作嗎？

我環顧商業公會內部，發現有幾個人正在看著我。我把熊熊連衣帽往下拉，遮住臉部。

這時，我聽到兩名商人的對話。

「可以請問一下嗎？」

「什麼事？」

「那裡不是有個打扮成熊的小孩子嗎？」

「我說你，不要用手指她。而且也不要看著她。」

「為、為什麼？」

「你不知道熊姑娘的事嗎？」

被搭話的商人傻眼地問道。

「我只聽過傳聞，聽說擺著大型熊雕像的店是一個打扮成熊的女孩子在經營。我剛才只是想問老闆是不是那個打扮成熊的小孩子。」

我是小孩子真不好意思，別看我這樣，也有十五歲啦。

「你是第一次來這座城市嗎？」

「是啊，為了去密利拉鎮，我兩天前才來到這座城市。」

「果然。關於那隻熊，你知道多少？」

「我只知道她正在經營有熊雕像的店。昨天我問公會有沒有推薦的餐廳，就被推薦了那隻熊的店。」

「東西很好吃吧？」

「是啊，很好吃。所以我查了一下經營者是誰，聽說是個打扮成熊的女孩子。」

「那個熊姑娘的確是那家店的老闆。可是，我勸你不要打些歪主意。」

「為什麼？只要是商人，一有賺錢機會就會撲上去吧。要是能知道食譜，在其他城市也能大賺一筆。」

「放棄吧，小心被剝奪商業公會的會員資格。」

「為什麼？」

「那家店有這座城市的領主——佛許羅賽家和這座城市的商業公會當靠山。」

「真的嗎？」

「沒錯，所以這座城市的商人不會對那家店出手。我不知道你打算做什麼，但最好不要做會招惹對方的事。」

「如果是真的，那好吧。」

「信不信由你。」

「你我同樣是商人，我會老實聽從你的忠告。畢竟我也不想冒險。」

商人乖乖點頭。我還以為商人之間感情都不太好，或許不像我想的那樣。

「聰明的判斷。那些料理的食譜的確很吸引人，但這座城市裡可沒有會去招惹那個熊姑娘的笨蛋。」

「也對，畢竟對方有貴族和商業公會當後盾。」

「你真的什麼都不知道啊。」

男人傻眼地說。

「什麼？她還有什麼特別的嗎？」

「那個熊姑娘同時也是個冒險者，還是能一個人打倒野狼群、哥布林群、黑蝰蛇的實力派。」

「你是因為我不熟悉這座城市，才說這種話來耍我嗎！」

「我為什麼非得對你說這種謊？如果你不相信，去問其他人就知道了。只要是這座城市的商人，大家都知道。」

「你是在開玩笑吧？」

嗯，一定是開玩笑。怎麼可能大家都知道。

「總之，我警告過你了。」

男人說完後離去。留下的男人也看了我一眼，然後離開現場。不過，原來我有這種傳聞啊，所以到目前為止都很和平。話說回來，光是有貴族當後盾就差了很多呢。我或許該好好感謝克里夫，畢竟我的確受了他不少照顧。

我這麼想的時候，莉亞娜小姐回來了。

「優奈小姐，讓您久等了。」

莉亞娜小姐坐到櫃台後，開始辦理提升公會階級的手續。

「好了，這樣優奈小姐的商業階級就提升到E了。」

「謝謝妳。」

我道聲謝後接過公會卡。

「其實這種時候，我們都會恭喜會員已經成為獨當一面的商人，不過這種話不適合對優奈小姐說呢。」

「才E級就算獨當一面嗎？」

「就像我先前所說的，新人要繳納一年的稅金非常辛苦。而且沒有繳足一定的金額，階級就不會提升。」

或許真是如此。白手起家作生意，要花一段時間才能讓經營上軌道。如果沒有生意頭腦，我想應該很困難。

如果我沒有莫琳小姐的幫助和原本世界的知識，也沒辦法這麼成功。

「加入商業公會不過幾個月就升上E級，是很厲害的事情喔。」

「這都是多虧在我店裡工作的大家啦。」

大家都很認真工作，這不是我一個人的功勞。

180 熊熊做生日蛋糕

離開商業公會的我為了繼續打發時間，前往有許多攤販的廣場。因為我來過好幾次，已經不會有人用驚訝的眼光看我。偶爾還是會有人感到驚訝，但頂多是新來的攤商。

香噴噴的氣味從各式各樣的攤販飄散出來。

「熊姑娘，妳今天是來逛攤販的嗎？」

賣串燒的大叔向我打招呼。

「我來打發一點時間。大叔，請給我三支串燒。」

「馬上來。」

大叔開始烤串燒，好香。

「拿去，烤好了。」

「謝謝。」

我接過剛烤好的串燒，坐在附近的長椅上吃了起來。

真是和平。現在菲娜應該穿著漂亮的禮服吧？

逛完攤販的我走回熊熊屋。

差不多可以使用熊熊電話了吧？我打算用熊熊電話聯絡菲娜，問她關於禮物的事。只不過如果諾雅也在，事情會有點麻煩。

思考著該怎麼辦的我回到熊熊屋，看到菲娜鼓起雙頰站在熊熊屋前面。

「優奈姊姊！妳怎麼可以先回來，太過分了～」

菲娜一邊發脾氣一邊抱住我。她或許是想要衝撞我，但我穩穩地接住了她。

「抱歉，我想說妳們挑禮服應該很花時間。」

我不敢說自己是因為不想淌渾水才逃走的。

「可是，我很期待看到菲娜穿禮服的樣子喔。」

這是我的真心話。我很期待看到菲娜和諾雅穿禮服的樣子。

「嗚嗚，優奈姊姊不穿禮服嗎？」

「不穿。因為我不適合穿禮服。」

我穿禮服也只是暴殄天物而已。

「才不會呢。優奈姊姊穿禮服一定很漂亮。」

就算是客套話，聽到人家這麼說還是讓我很開心。

可是，菲娜說不定是想要讓我穿上禮服。

我不想再繼續談論禮服，於是用了我最擅長的招式——轉移話題。

「對了，妳打算送米莎什麼禮物？」

「對、對喔。優奈姊姊，生日禮物要送什麼才好？」

聽到我說的話，菲娜的反應比想像中更大。

「我問諾雅大人關於禮物的事，她說只要是我送的東西，不管是什麼都能讓米莎大人開心。可是我不知道要送什麼禮物，米莎大人才會開心。送野狼的毛皮應該不行吧。」

菲娜忘了禮服的事，露出傷腦筋的表情。

「呵呵。」

菲娜煩惱的樣子跟我想像的一模一樣，讓我忍不住微笑。

「為什麼要笑呢？」

「不，沒什麼啦。既然這樣，我們一起準備禮物吧。」

「一起嗎？」

「我打算送她蛋糕和熊緩跟熊急的布偶，我們一起送怎麼樣？蛋糕可以兩個人一起做，至於熊緩和熊急的布偶，我們可以一人送一個。」

「蛋糕我是知道，可是熊緩和熊急的布偶是什麼呢？」

我向菲娜說明自己跟雪莉訂做了熊緩布偶和熊急布偶的事。

「雖然蛋糕也不錯，但米莎大人一定會很喜歡熊緩和熊急的布偶。」

菲娜的雙眼閃閃發亮，剛才的不安神情像是騙人的一樣，露出高興的笑臉。

看來她已經完全忘掉我丟下她逃走的事了。

「既然這樣，我們兩個人要送給米莎的禮物就決定是蛋糕和熊熊布偶嘍。」

聽到我這麼說，菲娜沉思了一下。

「優奈姊姊，可以請雪莉教我們布偶的做法，讓我們自己做嗎？」

「我們自己做嗎？」

「是的，因為是禮物，我想要送自己親手做的東西。」

我能理解菲娜的心情，可是我們自己做得來嗎？訂正，我做得來嗎？很可惜，我並不具備裁縫的技能。可是菲娜很想做，我不想潑她冷水。

「那我們去找雪莉，問問看她吧。如果可以做，我們就做吧。」

「好！」

順利決定好生日禮物，我們正要去找雪莉的時候，看見她拿著很大的袋子朝我們走過來。

「雪莉？」

「優奈姊姊，還有菲娜。妳們要出門嗎～？」

雪莉輕輕地打了個呵欠。不只如此，她的身體還微微地左右搖晃。

「我們正打算去找妳呢。妳怎麼會在這裡？該不會已經做好了吧？」

我望向雪莉手上的大袋子。

「是的，我努力做好了～」

雪莉又打了一次小呵欠。她說得很開心，但好像很睏。而且我昨天才拜託她，也太快了。

「妳該不會都沒有睡吧？」

聽到我這麼問，雪莉笑著帶過。

她明明不需要犧牲睡眠時間趕工。我靜靜地把手放在雪莉頭上，妳為什麼要這麼努力呢？雪莉被我摸頭，露出笑容，可是她的眼睛下方有黑眼圈。

難道是為了做黑白熊布偶，不小心長出了熊貓眼？

……我自己說完也覺得好冷。

「妳不用這麼趕啊。」

「我做得太開心，都忘了時間。」

雪莉雖然帶著笑容，表情卻顯露出疲勞。

嗯～我應該先讓她睡一覺。

「那麼優奈姊姊，妳可以幫我看看嗎？」

雪莉遞出自己抱著的大袋子。

「謝謝妳。可是在這之前，我的床借妳，妳先睡一覺吧。」

在確認布偶之前，我一定要讓雪莉休息才行。

「優奈姊姊，我沒事的～」

一邊打呵欠一邊這麼說的樣子一點也不像沒事，而且她從剛才開始就搖搖晃晃的。

「快去睡覺！」

這次我加重口氣。

「我很高興妳這麼努力幫我做布偶，可是我不希望妳勉強自己。」

「優奈姊姊……對不起。」

雪莉乖巧地道歉。

「我等一下會看妳做的布偶，妳先好好休息吧。妳不乖乖睡覺，我就不看喔。」

我接過大袋子，帶雪莉到房間，讓她躺到床上。雪莉一鑽進被窩就睡著了。她剛才果然是勉強撐著。

「雪莉她睡著了呢。」

「為什麼要這麼努力呢？」

我如此說道。

我看雪莉的表情就知道她覺得做布偶是件很開心的事，應該不是心不甘情不願地做。可是就算如此，犧牲睡眠時間來做還是不行。

「大家都想要幫上優奈姊姊的忙。」

「幫我？」

「因為優奈姊姊對孤兒院的小朋友來說是恩人，大家都很尊敬妳。只要能幫上優奈姊姊，每

個人應該都會很開心。」

可是，我不希望別人為我勉強自己。

而且，我既不是恩人，也不是值得尊敬的人。我只是做自己想做的事而已。

我會給孤兒院工作，只是因為碰巧發現咕咕鳥的蛋；店裡的工作也是因為人手不足，才會拜託小朋友而已。

所以，我並沒有做什麼值得感謝的事。真要說的話，這只是各取所需而已。

「優奈姊姊，妳怎麼了？」

雪莉正在睡覺，我現在不能驗收布偶。

「好了，我們先做蛋糕吧。」

「現在開始做嗎？」

「只要放到我的道具袋裡，就不怕會壞掉啊。先做好也沒問題。」

我不知道做布偶要花多少時間。既然如此，最好趁有空的時候先把蛋糕做好。

在雪莉醒來之前，我和菲娜兩個人開始製作生日蛋糕。

我們要做的是最經典的草莓蛋糕，不同的是要做成雙層的造型。

因為不知道有多少人要參加，我們決定多做一點蛋糕。就算不夠，也可以拿出放在熊熊箱裡的蛋糕就好。

不久後，我們做出許多蛋糕，擺到桌子上。其中一個蛋糕特別豪華，是要送給米莎的蛋糕。

「優奈姊姊，妳要讓我來寫嗎？」

「嗯，妳寫吧。」

我把最後寫上「生日快樂」的任務讓給菲娜。

「嗚嗚，好緊張喔。」

「失敗也沒關係，爽快地寫上去吧。」

「我、我知道了。」

菲娜深呼吸，開始用草莓口味的鮮奶油書寫文字。她用又慢又仔細的動作寫出一個一個的字。

「寫、寫好了。」

菲娜一口氣吐出憋住的氣息。

「完成了呢。」

蛋糕上以粉紅色的文字寫著「生日快樂」。

「希望米莎大人會喜歡。」

「一定會的。因為是我們努力做的嘛。」

「是。」

「那趁蛋糕還新鮮，我收起來了喔。」

我把蛋糕放進盒子裡，把蓋子緊緊蓋好後收進熊熊箱內。

「優奈姊姊的熊熊道具袋真不可思議。竟然只要放在裡面，食物就不會壞掉。」

「因為這是特製的啊。」

雖然我很感謝它的效果，但所有能力都包含在熊熊裝備裡讓我覺得不能接受。如果這是我本身的能力就好了。

不過，總比在一無所有的情況下被丟到異世界好多了，所以我還是得感謝才行。

181 熊熊驗收布偶

做完蛋糕的我們開始清理廚房。

收拾完畢時，雪莉揉著眼睛來到了廚房。

「優奈姊姊、菲娜，早安。」

或許是因為剛起床，她的表情雖然很睏，但臉色好多了。

「睡得好嗎？」

「嗯，對了，妳們在做什麼呢？」

「我們剛才在做蛋糕。」

一聽到蛋糕這個詞，雪莉的臉上瞬間睡意全消。

會對蛋糕有反應，雪莉果然是女孩子呢。

「要吃嗎？」

「可以嗎？」

可是她才剛睡醒，吃得下嗎？

雪莉的表情看起來很開心。嗯，應該吃得下。

「可是只能吃一個喔。要是吃不下院長她們做的晚餐，那就糟糕了。」

我讓兩個女孩坐到位子上，從熊熊箱裡取出以前做的蛋糕。因為和菲娜一起做的蛋糕是米莎的生日禮物。

「飲料喝紅茶好嗎？」

「是，沒問題。」

我用菈菈小姐教的方式泡了紅茶。茶葉的香氣飄散出來，我在杯子裡注入紅茶，放到兩人面前。當然了，我沒有忘記加砂糖。蛋糕和紅茶都準備好後，我們一起開動。

「啊~真好吃。」

「嗯，好好吃喔。」

菲娜和雪莉吃得津津有味。吃完蛋糕後，我們談起布偶的話題。

「那麼，可以讓我看看嗎？」

「好的。」

雪莉從放在自己旁邊的大袋子中取出熊緩和熊急的布偶，放在桌子上。

「好、好可愛喔。」

菲娜抱起熊緩的布偶，我也把熊急的布偶抱了過來。

「這就是熊緩和熊急的布偶啊，真的好可愛。」

「這個部分做起來很困難呢。」

像是哪裡做起來很辛苦，哪裡又下了什麼工夫，雪莉開心地說明這些事給我們聽。她真的很喜歡刺繡和裁縫呢。

「對了，優奈姊姊，妳找我有什麼事嗎？」

「嗯，妳可以教我做這種布偶嗎？我有個認識的女孩子要辦慶生會，我想做布偶送給她。可以的話，我想跟菲娜一起做。」

因為菲娜說想親手做，所以我尊重她的心意。這樣一來也能像蛋糕一樣，讓菲娜有自己準備禮物的感覺。

「那麼，這些布偶呢？」

「這些布偶會送給其他人，所以我會收下。」

我打算把雪莉做的布偶送給芙蘿拉大人。

我看著熊急的布偶時，雪莉露出了欲言又止的表情。

「優、優奈姊姊，那個，我有件事想拜託妳……」

「…………？」

「那個……我在孤兒院做布偶的時候，有小朋友說想要。呃，雖然我說這是優奈姊姊要的，所以不可以給他們，可是他們一哭，那個……我就忍不住答應送給他們了。我當然會付材料費，也會馬上開始做新的布偶。所以，那個……」

雪莉用難以啟齒的表情低下頭。她自己明明也是個孩子。

「妳可以送給他們，而且不用在意材料費的事。」

我並不急著拿到送給芙蘿拉大人的布偶。而且，我一開始就打算也送給孤兒院的孩子們。只不過是提早送出罷了。

「可是，只有兩個夠嗎？」

就算只送給幼年組的小朋友，兩個應該也不夠。

如果孩子們互搶，拉扯到布偶的話，熊緩牠們的四肢可能會斷掉。若演變成那種情況，不只是熊緩和熊急的布偶很可憐，製作布偶的雪莉也很可憐。

「我會努力製作的！」

我開始擔心她會不會又熬夜做布偶了。

「可是，不可以熬夜做喔。」

「……是。」

我還是很擔心。

我要求雪莉保證今天不再做布偶。

「妳今天要乖乖睡覺喔。如果妳明天還是睡眠不足，我會生氣喔。」

「……是。」

我和菲娜會從明天開始跟雪莉學做布偶。我打算同時看好雪莉，以免她勉強自己。如果明天又發現她在做布偶，我會罵罵她。

雪莉把帶來的布偶裝回原本的大袋子裡，回去孤兒院。

「那麼，我也要回家了。」

「明天開始要做布偶喔。」

「是。」

我看著準備回家的菲娜，想起一件事。

「喔，對了，我差點忘了。菲娜，妳可以幫我跟堤露米娜小姐說我已經請人家幫我提升商業公會的階級了嗎？」

「優奈姊姊，妳升級了嗎？」

「這都是多虧有莫琳小姐、堤露米娜小姐跟孤兒院的孩子們努力工作啦。」

多虧有孤兒院的孩子們，我才能取得蛋，把蛋賣給商業公會，還能製作布丁和蛋糕等點心。當然了，莫琳小姐做的麵包也很受歡迎，安絲的店也同樣生意興隆。

其中最大的功臣是管理這一切的堤露米娜小姐。不只是蛋的分配、材料的進貨和價格調整，連營收的管理都是她一手包辦。

就算說實質上的經營者是堤露米娜小姐也不為過。這麼說來，如果堤露米娜小姐辭職，那就麻煩大了。

「菲娜，幫我跟堤露米娜小姐說請她不要辭職。」

我用認真的表情這麼拜託菲娜。

「呃，我不太懂。轉告媽媽就可以了嗎？」

突然接到意義不明的要求，菲娜一臉疑惑地回家了。

隔天，我和菲娜一起前往雪莉工作的裁縫店。我們來到店裡後，向準備營業的娜爾小姐和泰摩卡先生打了招呼。

「早安，請問雪莉來了嗎？」

「她一早就來了，正在裡面做布偶呢。」

我開始擔心雪莉有沒有好好睡覺。我們取得泰摩卡先生的許可，走向雪莉所在的深處房間。

雪莉正在房間裡做著布偶。

「雪莉，早安。妳有按照約定乖乖睡覺嗎？」

「是，我有睡覺，可是很早就醒來了。泰摩卡先生他們還在吃早餐時，我就來打擾了。」

我還以為雪莉是在笑著掩飾，但她的眼睛下面沒有黑眼圈。看來有好好睡覺。

「孩子們有吵架嗎？」

「差點吵起來。」

雪莉笑著說。

「可是，我說會做每個人的份，他們就乖乖聽話了。」

「大家都很懂事呢。」

「對啊！」

就像是親生弟妹被誇獎一樣，雪莉非常高興。

「那麼雪莉，可以請妳教我和菲娜做布偶嗎？」

「雪莉，拜託妳了。」

我們坐在椅子上，聽從雪莉老師的指導，開始製作布偶。

「那麼，請照著這張紙型把布裁下來。」

我和菲娜按照雪莉的指示，沿著紙型剪布。因為有紙型，所以能輕鬆製作。設計紙型是最麻煩也最困難的事。竟然一天就能做出來，雪莉太厲害了。

「泰摩卡先生也有幫我。」

就算這樣還是很厲害。

我用不習慣的動作製作布偶。熊熊技能中沒有裁縫這個項目，做起來很辛苦。另一方面，菲娜的手法熟練多了。

「那個，因為沒有錢買衣服，所以我以前經常做裁縫。」

對喔。菲娜的父親去世，當時母親又臥病在床。既然根茲先生在背後默默守護，真希望他有能力幫她們買衣服。

後來，我和菲娜決定在出發去參加米莎的慶生會之前各自製作一組布偶，其中由菲娜贈送熊緩的布偶，我則贈送熊急的布偶。

期間，雪莉製作的量是我們的兩倍，完成了總共四組的布偶。

我和菲娜第一次親手做的布偶會各挑一個裝飾在我的房間，另一組則送給米莎當禮物。

「我可以收下嗎？」

「是，我還是覺得熊緩和熊急在一起比較好。」

「謝謝妳。」

我收下菲娜做的熊急布偶，放在自己做的熊緩布偶旁邊。

下次得再幫菲娜做一組吧？

雪莉做的布偶會送給孤兒院的孩子們。

孤兒院的幼年組中，幾乎每個孩子都想要布偶。根據雪莉的說法，讓愛哭的孩子抱布偶就可以讓他們停止哭泣，哄孩子睡覺也比較輕鬆。布偶似乎能派上用場，真是太好了。

要送給米莎的熊緩布偶和熊急布偶，最後一個步驟是繫上漂亮的紅色緞帶。

「這樣就完成了。」

「是，希望米莎大人會喜歡。」

我把用緞帶包裝好的布偶收進熊熊箱。

完成了今天的進度，雪莉在屋裡的角落休息。

「雪莉，謝謝妳。」

「不，我也做得很開心。對了，請問還要做幾個布偶呢？」

芙蘿拉大人和王妃殿下，另外諾雅一定也會想要，我也想要送給菲娜和修莉。我知道菲娜看到熊緩布偶和熊急布偶都很想要，我想送布偶當作答謝她的禮物。另外，我還想要準備幾個布偶備用，大致計算下來……

「除了孤兒院孩子的份以外，我想請妳準備十組布偶。」

「那麼多嗎！」

「不過，我會出門一陣子，妳不用太趕沒關係。」

參加完米莎的慶生會之後，我打算先拿去送給芙蘿拉大人。

「還有，我會請娜爾小姐和泰摩卡先生注意，妳不可以熬夜喔。」

我這麼叮嚀雪莉。要是她又睡眠不足，那就傷腦筋了。

「是，我會好好睡覺，努力製作的。」

雪莉用強而有力的語氣回應。

她真的懂了嗎？

182 熊熊往錫林城出發

為了出發去參加米莎的慶生會，我和菲娜按照約定一起來到克里夫的宅邸。門前有三匹馬和克里夫、諾雅、兩名護衛。奇怪了，沒有馬車？

「來了啊。」

「優奈小姐、菲娜，早安！」

我和菲娜回應諾雅的招呼。

「諾雅一大早就很有精神呢。」

「當然了。可以和熊緩牠們一起出門，我期待得不得了。」

諾雅的眼神就像現在要去遊樂園的孩子一樣閃閃發亮。這代表她有多麼高興可以跟熊緩和熊急一起出門吧。可是，這種時候應該要說很期待可以見到米莎吧。米莎太可憐了。

「那我們走吧。」

克里夫跨坐到馬背上。

「不搭馬車去嗎？」

為了確認，我試著問道。

「既然沒有人要坐，那就不需要馬車吧。」

馬共有三匹。克里夫和兩名護衛要騎馬，諾雅一定會落單。

「諾雅說要騎妳的熊，講都講不聽。既然這樣就不需要馬車了，移動也比馬車更快。」

我是無所謂啦。可是下雨的話該怎麼辦？算了，只要找地方躲雨就行了。

「我可以再問一個問題嗎？」

「什麼問題？」

「護衛只有兩個人嗎？」

我記得上次去王都的時候，克里夫的護衛有五個人。

「這次的目的地比王都近，沒問題吧。而且還有妳在。我原本打算不帶護衛同行，但倫多那傢伙無論如何都不答應，所以我決定只帶兩個人。」

「我又沒有拿到護衛費用。」

「妳回來之後再去向倫多申請吧。」

「開玩笑的啦，我不會收錢。相對地，就當作是你欠我一次吧。」

我今後可能也會給克里夫添麻煩。到時候再讓他還我人情吧。

「我先把話說在前頭，我也有做得到和做不到的事。」

「那樣的話，我會去拜託國王的。」

因為國王也有欠我人情。

「妳在說什麼恐怖的話？可是如果是妳的話真的有可能，所以更可怕。不管怎麼樣，有什麼需要幫助的事情就告訴我吧。」

我成功讓克里夫欠了一次小小的人情。他沒發現即使是零星的人情，累積起來也是很可觀的。

不過我現在沒有想要拜託他的事，所以也只是先存起來罷了。

來到城市外，我召喚出熊緩和熊急。

我一瞬間心想可能會嚇到馬，但牠們卻很鎮定。

「再看一次還是很驚人呢。」

「熊緩！熊急！」

知道我能叫出召喚獸的菲娜和克里夫的反應很小。不過，兩名護衛在我召喚出來的瞬間露出了驚訝的表情。

「優奈小姐！我可以騎牠們之中的哪一隻呢？可以的話，我兩隻都想騎！」

只有諾雅的情緒特別興奮。

「就跟上次一樣，輪流騎吧。一開始先騎熊緩，途中再替換。」

「我知道了！」

「還有，我想妳應該知道。妳要跟上次一樣，和菲娜坐在一起喔。」

「當然沒問題。菲娜！我們走吧。」

諾雅牽起菲娜的手，走向熊緩。

「諾、諾雅大人。」

熊緩載著兩人站了起來，我也馬上騎到熊急的背上。

「那麼，我們出發吧。」

兩名護衛分別走在前方和後方，夾著克里夫和我們前進。

我們前進了幾分鐘。雖然早就知道了，但是好慢。

因為要配合馬的速度，所以很緩慢。原來馬跑得這麼慢，我重新認知到熊緩和熊急的速度有多快。

不知道熊緩牠們的時速實際上有幾公里。這種時候，我會很想要車子或摩托車上的儀錶板。如果有一定程度的駕車經驗，就算沒有儀錶板，也能靠體感來估計速度嗎？很可惜，我並沒有汽車或機車的駕照，所以沒有那種技能。

「諾雅！怎麼這麼慢？」

「會嗎？雖然的確有點慢，可是這樣就可以在熊熊的背上多坐一段時間了，我很高興。」

「諾雅，妳有去過錫林城嗎？」

錫林是米莎居住的城市名稱。

「錫林嗎？有喔。」

「那裡是什麼樣的地方？」

「什麼樣的地方……和克里莫尼亞差不多。不一樣的地方是沒有熊熊造型的房子吧。」

諾雅笑著回答。

熊熊屋只存在於克里莫尼亞和王都，還有密利拉鎮這三個地方。

我們數度停下來讓馬休息，朝著錫林城前進。每次休息時，我們會交換騎乘熊緩和熊急。因為如果沒有公平對待，熊緩和熊急會鬧彆扭。

然後到了太陽快要下山的時候，走在前頭的護衛轉頭望向克里夫。

「克里夫大人，今天就走到這裡比較好。」

「也對。今天就在這裡紮營吧。」

聽到護衛所說的話，克里夫對其他人這麼說。

雖然我覺得有點早，但馬和熊緩牠們不同，體力有極限，必須消除一天的疲勞才行。

「父親大人，我們要在這裡紮營嗎？」

「是啊，那邊的森林可能會有野獸或魔物出沒。」

前方的左側可以看到森林。現在通過森林旁邊，或許會走到晚上。既然如此，在通過森林附近之前紮營比較好。

「而且因為不是搭乘馬車，我們走了很長一段距離。不需要勉強趕路。」

克里夫下馬，把馬的韁繩綁在附近的樹上。兩名護衛也和克里夫一樣這麼做。

我們也從熊緩和熊急身上下來，伸展僵硬的身體。

我（應該）不是速度狂，但因為移動速度太慢，讓我累積了一點壓力，一路上有好幾次都想要加快速度。

「優奈，我想確認一下，妳能拿房子出來嗎？」

「房子？喔，熊熊屋啊。」

「這兩個人都知道妳可以隨身攜帶房屋的事。當然了，我有交代他們不能說出去。」

看來這兩個人都是我狩獵一萬隻魔物時，得知熊熊屋存在的人。既然他們都知道了，我也沒必要隱瞞。而且只要拿出熊熊屋，就有柔軟的床舖和浴室可以使用，最重要的是可以安心睡覺。

「我希望至少能讓我女兒住在屋子裡。」

「父親大人，我沒關係的。我可以跟熊緩和熊急一起睡覺。」

看來諾雅似乎很中意上次「和熊熊在一起」的體驗。

雖然對諾雅很抱歉，但對我來說比起露宿野外，睡在熊熊屋裡比較安心。

「可以啊，可是這裡可能會有人經過。放在那邊長著三棵樹的地方好嗎？」

我望向距離這裡稍遠的樹木。

「嗯，沒問題。」

取得克里夫的同意之後，我移動到長著三棵樹的地方，在有樹木遮住的地方取出熊熊屋。到了晚上應該就不顯眼了。護衛和克里夫把馬的韁繩重新綁在這附近的樹上。

「既然裝得下黑蝰蛇，的確裝得下這麼大的房子，但看到房子出現的瞬間還是很驚訝。」

「嗚嗚，我露宿野外也沒關係的。」

諾雅看著熊熊屋，很遺憾地小聲說道。

「諾雅，別擔心。我會把熊緩牠們留著當護衛，妳可以跟牠們一起睡覺。」

「真的嗎！」

我點點頭。

「優奈姊姊，我也想一起睡。」

「那我們三個人一起睡吧。」

「可以嗎？」

菲娜很高興地回應。我把熊緩和熊急變成小熊。

兩名護衛不知道牠們可以變成小熊，露出驚訝的表情。

「好了，大家都累了吧。進到屋子裡休息吧。」

我們正要走進熊熊屋時，兩名護衛在玄關前停下腳步。

「那我們在屋外看守這附近。」

兩名護衛這麼說。就算護衛是他們的工作，但只有我們進入屋內，讓他們兩個人睡在屋外，

我會很過意不去。

「如果有魔物或人靠近，這兩個孩子會通知我，所以你們不用看守沒關係。」

我指著變成小熊站在我腳邊的熊緩和熊急。兩名護衛先是看著熊緩和熊急，然後面面相覷。

「「…………」」

兩人最後望向克里夫。

「優奈，沒關係嗎？我可以讓他們在外面看守。」

「沒關係。相對地，白天時要認真工作喔。」

因為移動很單調，我明天可能也會在熊緩牠們的背上睡著。

「你們也可以接受吧？」

聽到克里夫這麼說，兩名護衛點點頭，對我道謝：

「優奈閣下，謝謝您。」

183 熊熊在熊熊屋裡休息

「打擾了～」

曾經來過熊熊屋好幾次的菲娜和諾雅像是進入普通房子一樣走進屋內。

「自從在王都聽說那件誇張的事情之後，我就沒有走進這棟房子過了。」

這麼一說我才想起來，克里夫也曾經進到熊熊屋裡來呢。克里夫和兩名護衛跟在菲娜和諾雅身後走進屋裡。

「父親大人也來過這棟房子嗎？」

「是啊，來過一次。」

克里夫對諾雅這麼說明時，後方的護衛似乎不知該如何是好，動也不動。

「總之我先去準備晚餐，其他人隨便找位子坐下來等吧。」

「我們有準備食物過來。」

「大家都累了吧。我來準備熱食。」

「優奈姊姊，我來幫忙。」

「我也是。」

菲娜和諾雅表示願意幫忙。雖然沒有忙到需要有人幫忙，但我決定順著兩人的心意，請她們幫忙。

「那麼，我們就接受優奈的好意吧。你們兩個也可以好好休息。」

「真的可以嗎？」

兩名護衛一臉不安地環顧屋內問道。明明比露宿野外還安全，他們在擔心什麼？話說回來，兩個大塊頭一直站著，實在很礙事。

「你們站著會擋到人，坐下來吧。」

我坦白說出心裡的感想。

「聽到沒？」

兩名護衛先互看了一眼，然後在椅子上坐下。看到他們乖乖坐下之後，我移動到隔壁的廚房裡。

「那麼，可以請妳們準備每個人的餐具嗎？」

我對菲娜和諾雅下指示，自己則從熊熊箱裡拿出莫琳小姐烤的麵包和安絲煮的蔬菜湯。

嗯，剛做好的食物看起來真好吃。我對熊熊箱懷抱著感謝之意，把食物分裝到每個人的盤子裡。

「好了，可以請妳們幫忙端過去嗎？」

菲娜和諾雅分工端走裝著料理的盤子。我最後準備好飲料，結束晚餐的準備。

這樣夠嗎？

我又準備了備用的食物，回到有克里夫等人在的地方。

「優奈，謝謝。」

「謝謝您。」

克里夫和兩名護衛對我道謝。

「別客氣。好了，肚子好餓，快點開動吧。」

所有人都坐到位子上後，我們開始享用晚餐。不愧是莫琳小姐做的麵包，真好吃。當然了，安絲煮的湯也很好喝。明天就吃白飯好了。要吃飯的話，我想要搭配肉類。不過，我有帶肉料理嗎？

「真沒想到移動中能吃到這樣的食物。」

我正在構思明天的菜色時，克里夫這麼說道。

「優奈小姐，東西很好吃。」

諾雅津津有味地吃著。

「還有很多，想吃的話就告訴我吧。」

「好的。那麼，我可以再添一碗湯嗎？」

我把湯舀到諾雅的盤子裡。見到我這麼做，其中一名護衛看著我。

「那個，優奈閣下。請問我可以再添一個麵包嗎？麵包非常好吃。」

「那也請給我一個。」

兩名護衛一臉不好意思地說。因為莫琳小姐的麵包很好吃嘛。我拿出麵包給兩名護衛。

「優奈姊姊，我也可以再添一碗湯嗎？」

「嗯。菲娜要多吃一點，要不然就沒辦法長得跟我一樣高了。」

我這麼說的瞬間，周圍的氣氛好像變了。好奇怪的氣氛，我說了什麼奇怪的話嗎？

在這種氣氛中，菲娜開口說：

「嗯、嗯。我要多吃一點，長得跟優奈姊姊一樣高。」

「既然這樣，也要多吃麵包喔。」

不只是湯，我也在她盤子裡多放了麵包。

「優、優奈姊姊，謝謝妳。」

「其他人還要嗎？」

「嗯，給我一個吧。」

「那麼請給我一碗湯。」

奇怪的氣氛消失，所有人都再添了一份食物。然後，吃完飯的我們正在休息時，年幼的兩人露出了想睡的神情。

「吃飽之後就好想睡覺喔。」

「對啊。」

「妳們兩個要先洗澡再去睡覺喔。」

「好～」

「好的。」

兩人很睏地回答。

因為以前在熊熊屋洗過澡，所以她們兩個人都不覺得能洗澡有什麼好奇怪的。可是，這段對話讓某些人感到疑惑。

「這裡有浴室嗎？」

克里夫向我問道。

「家裡都會有浴室吧？」

「不，話是這麼說沒錯，但這裡不太一樣吧？」

克里夫望向四周，尋求同感。

「父親大人，家裡本來就會有浴室啊。」

諾雅反駁父親的說法，菲娜也點頭同意這番話。可是，坐在對面的兩名護衛露出了尷尬的表情。

「而且，不洗澡就沒辦法消除一天的疲勞吧。」

「是沒錯……」

「大家要輪流洗，你們三個人排在最後喔。」

「我們也要洗嗎？」

「當然要了。你們騎了一天的馬，怎麼可以帶著流汗的身體躺到床上。」

你們以為是誰負責洗床單和曬棉被啊。

「床……」

「這裡是遠離大馬路的荒郊野外吧？」

「可是竟然有美味的食物、浴室跟床鋪。」

聽到克里夫提到床這個字，兩名護衛如此喃喃低語。

「好了，趁我收拾餐具的時候，妳們兩個人一起去洗澡吧。」

「咦～優奈小姐也一起洗嘛。」

「可是我還要收拾一下。」

我實在不能放著用過的餐具不管，就這麼去洗澡。

「優奈閣下，可以讓我們來收拾餐具嗎？什麼都不做實在是……」

兩名護衛自願收拾餐具。好吧，反正是幫我的忙，如果這樣可以讓他們兩個人比較心安，那也好。

我決定接受他們的好意，把善後的工作交給他們，跟菲娜和諾雅一起去洗澡。

「喔，對了。放在冰箱裡的飲料可以隨意拿去喝喔。」

我對留下來的三個人這麼說，帶著菲娜和諾雅前往浴室。熊緩牠們也跟在後面。

來到浴室入口，我拜託熊緩和熊急當守衛。

「我想應該不會，可是如果有人來，要抓住他喔。」

熊緩和熊急輕輕叫了聲「咿～」，回應我的要求。

「熊緩和熊急不洗澡嗎？」

「不用。我要請熊緩和熊急在這裡監視。」

雖然我不覺得那三個人會來偷窺，但為求慎重，我還是拜託牠們看守這裡。

「真可惜。」

「好了，快點進去洗澡吧。」

我帶著諾雅和菲娜進入更衣間。我脫掉熊熊布偶裝，而諾雅和菲娜看著我。

「因為熊熊裝扮看不出來，優奈小姐其實很漂亮呢。」

「是啊，長長的頭髮很漂亮。」

「謝謝誇獎。妳們兩個也很可愛喔。」

我在背後推著說客套話的兩人，進入浴室。她們兩個都長得比我可愛。

「優奈小姐，我來幫妳洗身體。」

「我也來幫忙。」

我接受兩人的好意，請她們幫我洗背。雖然讓別人洗背很不好意思，但很舒服。作為交換，我也幫她們兩個人洗了背。

洗完身體的我們浸泡到浴池裡。身為日本人，果然還是要泡澡才算結束一天。只不過，因為兩個女孩太過興奮，我無法悠閒地泡澡。

洗完澡的我們回到有克里夫在的地方。

「浴室空下來了，你可以去洗了喔。」

「妳那是什麼打扮？」

打扮？

喔，我換了衣服，現在是白熊的模樣。

「因為我要睡了。」

「妳連睡覺的時候都是熊的樣子嗎？」

「對啊。」

「優奈小姐穿白熊服裝也很可愛。」

「諾雅的睡衣也很可愛啊。當然了，菲娜也是。」

「謝謝誇獎。」

克里夫用傻眼的表情看著互相稱讚的我們。

「怎麼回事？我們是在旅行中吧？這裡是郊外吧？」

「父親大人，你在說什麼啊？痴呆了嗎？」

「我才沒有痴呆。我只是在想『常識到底是什麼』而已。」

克里夫說得好像我們沒有常識一樣。

「喔，對了。克里夫，你可以在洗澡之前先決定房間分配嗎？」

「既然都有浴室了，果然也有房間啊。」

他在說什麼理所當然的話啊？

「二樓有三個房間。靠前面的房間是我的房間，我會跟菲娜和諾雅一起睡，你們就使用剩下的房間吧。」

「可以嗎？」

「你一個人睡一間房也行，也可以跟護衛睡在一起。你們自己決定吧。」

「我知道了。謝謝妳。」

「克里夫大人，我們可以睡在這裡。」

兩名護衛似乎打算睡在我們用餐的客廳。

「在這裡睡覺會礙到別人。樓上有房間，去房間睡吧。」

兩名護衛因為我的一句話而閉上嘴巴。

「那我們要去睡了，你們洗完澡就把燈關了吧。」

「嗯，知道了。那麼，我會心懷感激地使用的。」

克里夫回答後前往浴室。我則走向房間，菲娜和諾雅抱著熊緩和熊急跟在我身後。

我房間的床和其他房間不一樣，尺寸比較大。這是為了讓變成小熊還是有一定大小的熊緩牠

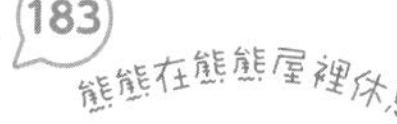

們能跟我一起睡。可是，五個人一起睡可能有點太小。

「優奈姊姊，大家一起睡這張床會不會太小了？」

「沒問題的。」

我把床附近的桌椅收進熊熊箱，從裡面拿出一模一樣的另一張床。

只要把兩張床合併起來，就變成兩倍的大小了。

「這樣就睡得下了吧。」

「好大喔！」

諾雅抱著熊急倒到床上，抱著熊緩的菲娜也同樣躺了下來。

「好了，明天還要早起，快睡吧。」

「好～熊急，我們一起睡吧。」

諾雅抱緊熊急，菲娜帶著熊緩鑽進被窩。她們兩個人的睡相應該不差。不過，就算被菲娜她們用力抱緊，我想熊緩和熊急應該也沒問題。

「那麼，我要關燈了喔。」

「好。優奈姊姊，晚安。」

「優奈小姐晚安。」

「妳們兩個晚安。」

關燈後過了一陣子，我很快就聽到熟睡的呼吸聲。我也要睡了。

184 熊熊幫助有困難的馬車

可能是因為很早就寢，沒有人來叫，我就醒了過來。我揉揉眼睛望向窗外，發現太陽開始升起的天空已經微微亮起。我坐起身來打呵欠，看見菲娜抱著熊緩以鴨子坐姿坐在床上。

「優奈姊姊，早安。」

「早安。妳起得真早。」

「我也剛剛才醒來。對吧，熊緩？」

被這麼問道的熊緩用一聲小小的「咿～」回應。

可是，從沒有睡意的表情看來，菲娜可能已經醒來一陣子了。相反地，另一個與她同年的女孩子則緊抱著熊急，睡得正香甜。漂亮的金色長髮蓋住了熊急的臉。雖然我覺得應該沒事，但有點擔心熊急，於是我撥開諾雅的金色頭髮，讓熊急的臉露出來。熊急也閉著眼睛，睡得很熟。我摸摸熊急的頭，牠就睜開了眼睛。

「再讓她睡一下吧。」

「嗚嗚，熊急、熊緩……」

諾雅說著夢話抱緊熊急。我摸摸諾雅的頭，走下床。

184 熊熊幫助有困難的馬車

「那我去準備早餐。」

「我也來幫忙。」

「我一個人來就好。菲娜，一段時間後再叫醒諾雅吧。」

我換上黑熊布偶裝，走下一樓。

嗯？好像有人在。

我走到一樓，看見克里夫一個人坐在椅子上。兩名護衛不在這裡。

「是優奈啊。」

「你起得真早。」

「因為我睡不太著。」

「床鋪睡起來不舒服嗎？我換過新的床單，也曬過棉被了耶。你該不會是沒有高級的床鋪就睡不著吧？」

「才不是。只是因為妳在馬路的正中央拿出房子，讓我沒辦法安心睡覺而已。」

我覺得這個理由很不講理。

「不是你叫我拿出來的嗎？」

「是沒錯，但我只是想讓女兒住得舒適而已。我沒想到住起來會這麼不自在。」

我覺得露宿野外會更不放心。如果沒有熊緩和熊急在，我根本不敢在野外露營。

「你的兩名護衛還在睡嗎？」

客廳只有克里夫一個人。主人都醒來了，難道護衛還在睡覺？

「他們兩個人去工作了。」

「工作？」

他們好像已經醒了，正在工作。

「庫袞去照顧馬匹，拉馮正在打掃浴室。」

就算說名字，我也不知道誰是誰。

「照顧馬匹和打掃浴室？」

「他們說打掃浴室是為了答謝妳昨天招待他們吃飯和洗澡。」

「不是你交代他們的啊。」

「嗯，他們對我提出請求，而我同意了。給妳添麻煩了嗎？」

「沒那回事。幫了我一個忙。」

我們聊到這裡時，一名護衛走進了客廳。

呃，他叫什麼名字？

因為是從浴室走過來的……

「克里夫大人，浴室已經打掃完畢了。」

「辛苦了。」

「優奈閣下，昨天謝謝您的招待。浴室和床鋪用起來都很舒適。」

護衛似乎和克里夫不同，睡得很好。

「那就好。克里夫的評價好像不太好。」

「沒有人那麼說吧。我只是覺得不自在而已。」

那不是一樣的意思嗎？

「謝謝你幫忙打掃浴室。」

「不會，我們是想答謝您借浴室給我們使用。」

護衛像是在敬禮一樣，挺直腰桿道謝。

「對了，諾雅呢？妳們不是一起睡嗎？」

「她還在睡。我打算等做好了早餐再叫她起床。」

「既然這樣，要不要我去叫她？」

「我拜託菲娜了，沒關係。那麼，我去準備早餐，克里夫你在這裡乖乖等著吧。」

「克里夫大人，我去協助庫裘。」

打掃完浴室的護衛走向在屋外照顧馬匹的另一名護衛。

我來到廚房準備簡單的早餐。我開始把做好的早餐擺到桌上的時候，菲娜和諾雅像是算好時機似的從二樓走下來。

「優奈小姐、父親大人，早安。」

懷裡還抱著熊急的諾雅打招呼，熊緩則由菲娜抱著。

「嗯，早安。」

「諾雅，早安。菲娜，早餐做好了，可以請妳去外面叫護衛進來嗎？」

「好的，我知道了。」

菲娜回應後走到屋外，我則趁這個時候把剩下的早餐擺到桌上。食物都上桌後，菲娜帶著護衛回到屋內。吃飯的時候，菲娜和諾雅把熊緩牠們放回到地上。

「克里夫，還要走多久才會到？」

因為我完全不知道前往錫林的路程有多遠，所以這麼問道。我的熊熊地圖只會顯示我曾經去過的地方，所以就算打開熊熊地圖，前方也是一片漆黑。如果還要花很長的時間，我打算在高級毛皮上睡午覺。

「昨天已經趕了不少路。既然已經看到那座森林，今天傍晚前就會到了。」

吃完早餐的我們朝錫林城出發。

我們隔一段時間就停下來讓馬匹休息，然後再前進。有時候和其他人擦身而過，路人看到熊緩和熊急都露出驚訝的表情，但我們依然順利地前進著。

我用熊熊探測確認四周，不過沒有魔物，非常和平。

吃完午餐後過了一陣子，我覺得有點餓，於是拿出洋芋片當點心，在熊緩背上吃了起來。諾雅和菲娜好像也很想吃，所以我分了一些給她們。

因為容易掉碎屑，我叮嚀她們吃的時候要小心。可是我往下一看，發現熊緩的背上有洋芋片碎屑，我偷偷地把碎屑撥掉。

熊緩一臉疑惑地回過頭來，可是我若無其事地說了「沒什麼啦」。

吃鹽味洋芋片讓我覺得口渴。我想拿出果汁來喝，但是用杯子裝會灑出來，不方便喝。嗯～下次應該買個水壺來用。

克里夫他們會把水裝在看似皮革袋子的容器裡，在騎馬的時候飲用。我看了看菲娜和諾雅，她們也都有帶類似的東西。

我下次也要準備一個才行。

在通往錫林的路上，走在前頭的護衛指示我們停下來。

前方停著一輛馬車。

「父親大人，有馬車停在那裡。」

「是啊，的確有。」

「為什麼那輛馬車要停下來呢？」

「不知道，或許是馬車壞了。或是可能有其他理由。」

其他理由？

「克里夫大人，屬下過去看看，請各位在這裡稍等。」

「小心點。」

一名護衛騎著馬朝馬車前進。

「克里夫，為什麼要這樣？」

「只是為了確保安全。對方有可能是想讓別人以為馬車故障了，隨意靠近可能會被馬車中的盜賊襲擊。」

不愧是異世界，原來還有那種事啊，我今後也要小心一點。雖然說只是盜賊的話，就算被偷襲也沒問題，不過我身邊可能會有其他人。謹慎一點總是比較好。

護衛靠近馬車時，有人從馬車後面走出來。還有小孩子在呢。他們似乎正在交談。

過了一段時間，護衛回來了。

「克里夫大人。」

「怎麼樣？」

「似乎是馬車的車輪陷進土裡，動不了了。」

看來對方並不是盜賊。

「你們去幫忙的話，有辦法脫困嗎？」

「要試試看才會知道。」

「好吧，總之先試試看。」

我們朝馬車前進。

馬車的主人是二十幾歲的男性和女性。女性懷裡抱著嬰兒，他們身旁有個跟芙蘿拉公主差不多大的小女孩。不管怎麼看都是普通的家庭。

一家人看到我和熊緩與熊急都很驚訝，但看到克里夫，他們更驚訝了。

「克里夫大人，很抱歉擋住您的路。」

男人低下頭，他身後的女人也低下頭，小女孩則看著我抱住母親。我對她揮揮手，她就躲到母親後面。

我不是可怕的人啦。

「你們知道我是誰嗎？」

「啊，是的。因為我們住在克里莫尼亞城，曾看過克里夫大人幾次。」

這麼說來，他們也知道我是誰嗎？

「我聽說你們的馬車車輪陷進土裡了。」

「啊，是的。運氣不太好，車輪被凹槽卡住，動彈不得。給您添麻煩了。雖然沒辦法讓道，希望各位從旁邊通過。」

「拉馮！庫裘！」

克里夫呼喚兩名護衛。

兩人走向陷進土中的車輪。

「克里夫大人？」

「先生，雖然不知道能不能成功，不過我們會幫忙。」

「不，我們怎麼能勞煩克里夫大人……」

「你們還有別的方法嗎？」

「不，這……」

「四個男人一起搬，總會有辦法的。」

「克里夫大人請稍等，先由我們三個人嘗試看看。」

覺得實在不應該讓身為貴族的克里夫幫忙的護衛如此提議。我的確沒看過哪部漫畫或小說裡有貴族會幫忙搬車輪。

「那個，拜託兩位了。」

男人低下頭，與兩名護衛一起把手放在車輪上。可是，三人使出全力也無法把馬車抬起來。

該不會輪到我出場了吧？

可是，我一個弱女子把三個大人都抬不起來的馬車抬起來也很奇怪吧。搞不好會被笑稱是一隻怪力熊。

「我也來幫忙。」

「不，怎麼可以讓克里夫大人幫忙呢？」

男人拒絕。

也對，按照常識來講，的確不能讓身為貴族的克里夫搬車輪。

「別在意。既然你們住在我的城市，幫助你們就是我的職責。」

「克里夫大人……」

男人不好意思再三拒絕克里夫這個貴族的提議。克里夫似乎不知道自己的好意會讓普通人感到胃痛。雖然讓克里夫來搬也很有意思，但果然輪到我出場了。這個男人的家人太可憐了。

「要不要讓我來？」

「妳嗎？」

「嗯。」

我點點頭後使用土魔法，讓土溝隆起，車輪也順勢被抬起。

這樣還能填平路面凹陷，可說是一石二鳥。後面的馬車應該也能安全通過這裡。

咦，用手搬起來？有魔法可以用，何必做那種蠢事。要是那麼做，會被別人用異樣眼光看待的。

「我說妳啊。既然做得到這種事，怎麼不一開始就說？」

「因為我想說克里夫身為領主，應該會帥氣地解決問題吧～」

「我和妳不同，只是個普通人。」

不，克里夫不是普通人，是貴族吧。

「那個，謝謝各位。」

「謝謝熊熊。」

男人向我道謝，躲在女人後面的小女孩也模仿父親向我道謝。小女孩一直盯著我看。

「我不是可怕的人，不用擔心。」

「嗯，我知道。」

「我女兒是妳的粉絲喔。」

「粉絲？」

「在街上看到妳的時候，她會很高興地叫『熊熊、熊熊』呢。」

是嗎？

她從剛才開始就一直躲在母親身後看著我，我還以為她是在害怕呢。

「話說回來，你們為什麼會在這裡？你們看起來不像是商人。」

「我母親住在錫林。因此，我們帶不久前出生的兒子回去看她，現在在回程的路上。」

男人摸了摸女人抱著的嬰兒的頭。

「這樣啊，希望他能健康地長大。養兒育女是很辛苦的，加油吧。那麼我們也該走了，你們回去時要小心。」

「是。這次很謝謝您，幫了大忙。」

「幫上忙的是這隻熊。」

「我沒做什麼大不了的事，不用放在心上。可是，既然有小孩子和小嬰兒，回去時要小心點喔。」

「好的。」

和一家人道別後，我們先確認馬車能順利行駛，才朝錫林城出發。

185 熊熊抵達錫林

幫助馬車後，我們在傍晚之前看到了錫林城。大門和克里莫尼亞很類似。

「克里夫，等一下。」

我對克里夫說道。

「怎麼了？」

「直接進去會嚇到人，我可以先召回熊急牠們嗎？」

差不多快要接近到從大門能看到我們的距離了。因為還很遠，所以應該看不出我騎的是熊，但是如果繼續前進，對方可能會發現是熊。我想要盡量避免會驚擾到別人的事。

「喔，說得也是，妳騎的是熊呢。因為牠們很乖巧，我都忘記了。」

克里夫看著熊緩和熊急點頭。

「咦～要跟熊緩說再見了嗎？」

諾雅不情願地抱住熊緩的脖子，坐在她後面的菲娜乖乖地從熊緩身上下來。

「只是要把牠們叫回來而已啦。而且，如果熊緩牠們被城裡的人躲避，不是很可憐嗎？妳應該不想看到熊緩或熊急被人家拿劍指著，或是被魔法攻擊吧。」

動。

不過，既然諾雅或菲娜這樣的孩子騎在上面，應該不會有人那麼做，可是一定會引發一陣騷動。

「嗚嗚，我知道了。熊緩、熊急，謝謝你們載我到這裡。」

諾雅從熊緩身上下來，摸摸兩隻熊的頭，對牠們道謝。

結束道別後，我把熊緩和熊急召回。

接下來我們要用走的進城。雖然克里夫打算讓諾雅跟自己共乘一匹馬……

「我要跟優奈小姐一起走。」

被女兒拒絕，克里夫有些落寞。走了一陣子，我們看到有人站在大門附近。

我在城市的入口被好奇的目光看著，還聽到小聲地說著「熊」的聲音。我把熊熊連衣帽往下拉到能遮住臉的位置。

「請將身分證放在水晶板上。」

管理大門進出的警衛對我說。只要不是罪犯，就可以順利進城。

克里夫和兩名護衛、諾雅、菲娜依序進入，最後輪到我。我把公會卡放在水晶板上，順利進入城市。

雖然衛兵用異樣眼光看著我，但水晶板並沒有變紅，所以我可以進城。如果身分被登記為罪犯，水晶板會變紅。

平安進入錫林城的我們馬上往葛蘭先生的宅邸出發。

「…………」

「在看優奈呢。」

「在看優奈閣下。」

「在看優奈小姐呢。」

「大家都在看優奈姊姊。」

「…………」

克里夫、兩名護衛、諾雅還有菲娜依序低聲說道。然後，所有人都望向我。

「大概是因為克里夫和諾雅是貴族，所以才會引人注目吧。」

帶著護衛，穿著高貴的兩人會引人注目也很正常。我如果在街上遇到貴族，也會好奇地看著對方。

「才不是！他們都是在看妳。這也難怪，畢竟妳打扮成熊的樣子嘛。」

「現在才說這些幹嘛？」

克里夫用手扶著額頭，像是現在才想起來似的說道。

「不，我都忘了妳的穿著超出了一般人的常識。看來我也在不知不覺中被妳荼毒了。」

「優奈小姐的打扮才不奇怪。很可愛，所以沒關係。其他人也是覺得優奈小姐的打扮很可愛才會盯著看。」

她應該是由衷這麼想著，諾雅很努力地幫我說話。

界。

不過，我早就習慣別人的視線了。我如果不穿著這套布偶裝，就沒辦法安心地生活在這個世

「既然你這麼不想引人注目，要不要分頭行動？」

「要分開的話，我要跟優奈小姐一起走。」

「我也要跟優奈姊姊走。」

兩個女孩抓住我的衣服。真是體貼的孩子們。

「讓妳們單獨行動可能會引來麻煩，我不允許，所以加快腳步吧。」

就算要趕路，沒有交通工具的我們也只能用走的，速度有限。在眾人的目光下走了一陣子，我們看到了一棟和克里夫的家差不多大的宅邸。

貴族的房子都很大呢。有兩名男性站在那棟宅邸前。

「我是克里夫・佛許羅賽。」

「恭候多時。能請您出示邀請函嗎？」

克里夫遞出邀請函。

「是克里夫大人和您的千金諾雅兒大人吧。隨後會有人來為各位帶路，請稍等。」

一名男性走向屋內。然後，剩下的男人看向我。

「這兩位女孩是陪同諾雅兒大人前來的嗎？」

男人與其說是懷疑，比較像是不知道該怎麼應對似的看著我。

「她們倆受邀參加米莎娜大小姐的慶生會。因為也是我女兒的朋友，所以我們一同前來。」

「米莎娜大人的……請問可以讓我確認一下邀請函嗎？」

我和菲娜各自遞出邀請函。男人看過邀請函後，態度就變了。

「不好意思，失禮了。」

男人挺直背脊道歉。

有邀請函就是客人。不管是平民、冒險者還是熊，似乎都能受到歡迎。如果因為失禮而激怒客人，他可能會惹身為主人的葛蘭先生或米莎生氣。

後來過了不久，有個女僕從屋內走過來。

「克里夫大人，讓您久等了。」

女僕彬彬有禮地低下頭向克里夫打招呼。她大約二十歲，是個留著一頭棕髮的美人。菈菈小姐也一樣，女僕都是看臉來挑選的嗎？美女也太多了吧。

「梅森，好久不見了。」

「是，很高興克里夫大人一切安好。諾雅兒大人也長大了呢。」

「嗯，我長高了喔。」

看來父女倆似乎認識這位女僕。向克里夫和諾雅打完招呼後，名叫梅森的女僕看向我。

「兩位是優奈大人和菲娜大人對吧？恭候多時了。」

「妳也知道我們是誰嗎？」

我沒有想到她看到我和菲娜能叫出名字。

「是的，米莎娜大人和葛蘭大人曾交代過我。」

梅森小姐這麼說後微微笑著。雖然我很在意她聽說了什麼，但我和米莎與葛蘭先生相處的時間很短暫，應該沒有做過什麼奇怪的事。

「我來帶各位進屋。」

「我們可以跟葛蘭老爺打聲招呼嗎？」

克里夫這麼詢問邁出步伐的梅森小姐。

「真的很抱歉。葛蘭大人正在跟其他客人打招呼，目前可能……」

「等他有空再說吧。先幫我轉告他一聲。」

「好的，我明白了。」

後來梅森小姐領著我們來到住宿的房間。

「那麼，請克里夫大人和諾雅兒大人使用這個房間。」

「咦~我和父親大人一起嗎？」

「是的，隔壁的房間是準備給優奈大人和菲娜大人使用，護衛則使用別館的房間。」

「我想要跟優奈小姐和菲娜住同一間房。」

諾雅抓住我和菲娜的手。

「可是，房間裡只有兩張床。」

「我會跟菲娜一起睡，沒關係。菲娜也可以吧？」

「我可以睡地板……」

「不行啦。我們一起睡吧。」

諾雅微微鼓起臉頰，牽著菲娜的手。

「好的，既然諾雅大人願意的話。」

梅森小姐露出傷腦筋的表情望向克里夫。

「梅森，抱歉。就照諾雅的意思安排吧。」

「我明白了。那麼，請克里夫大人使用這間房間。優奈大人、菲娜大人、諾雅兒大人請使用隔壁的房間。」

「謝謝。」

「那麼在晚餐時間前，請在房間內稍事休息。」

我和菲娜、諾雅三個人要住在同一個房間。

「那麼，請讓我帶領侍者前往另一個房間。請往這邊走。」

梅森小姐帶領兩名護衛離開。

「好了，優奈、菲娜，我女兒就拜託妳們了。如果她太任性就告訴我，我會接手管教她的。」

「父、父親大人太過分了，我才不會任性呢。」

她忘了自己才剛對房間分配提出了任性的要求嗎？

「優奈小姐，我們快點進房間吧。」

諾雅就像是要逃離克里夫，抓著我的手走進房間。

「啊～好累喔～」

諾雅一進到房間裡就倒在床上。畢竟是千金小姐，再文雅一點比較好吧。

「優奈姊姊，我真的可以待在這裡嗎？」

菲娜不知道該如何是好，困擾地站在房間的正中央。

「真要那麼說的話，我也一樣。」

平民女孩和我這個冒險者，兩者都不是能參加貴族派對的身分。我和菲娜一樣是如果不用參加就不參加的類型。

「優奈姊姊，我的心情開始變得好沉重。」

菲娜摸摸自己的肚子。我可以理解她的心情。

「反正我們不用參加葛蘭先生的派對，應該不用那麼緊張吧。」

我們要參加的只有米莎的派對。而且，聽說米莎的派對只有親朋好友會參加，所以應該不用太拘束也沒關係。

「太賊了啦。優奈小姐和菲娜也一起參加葛蘭老爺的派對嘛。」

「就算妳這麼說，我們也沒有收到葛蘭先生的邀請函啊。而且和米莎的派對不同，葛蘭先生的派對會有很多人來參加吧？」

光是想像，我就不想參加了。

「我也不想參加。」

菲娜附和了我說的話。

「嗚嗚，連菲娜都這樣……」

諾雅不甘心地鼓起臉頰。

186 熊熊上街散步

菲娜正在安慰諾雅的時候，一陣敲門聲響起。探頭進入房間的人是米莎。

「諾雅姊姊大人！」

「米莎！」

兩個女孩互相擁抱，慶祝重逢。

「而且優奈姊姊大人和菲娜也來了呢，我好高興。」

「謝謝妳邀請我們來。」

看到她的笑容，我不好意思說自己本來打算拒絕。

「米莎大人，這次承蒙……」

「不用那樣打招呼沒關係。」

菲娜努力擠出客套話，卻被米莎打斷了。

「因為其他人明明是來參加爺爺大人的派對，卻也會來向我打招呼。我已經累了。」

看來貴族的身分也不輕鬆。幸好我只是個渺小的冒險者。

「妳難道是偷溜出來的？」

「是的。我聽梅森說諾雅姊姊大人妳們來了，就從房間偷偷跑過來。」

米莎帶著笑容這麼說。

那樣沒關係嗎？

「我們不去向葛蘭先生打招呼沒關係嗎？」

「爺爺大人正忙著見很多訪客，我想應該沒關係。」

「我記得葛蘭先生的派對是四天後舉辦吧。」

「是的。」

「這麼說來，在那之前可以自由行動嗎？我想到街上散散步。」

「我想應該可以。其他人也都出門了。」

「那麼菲娜，明天要不要到街上逛逛？」

「好的。」

「我也要去。」

諾雅舉起手表示想參加。

「諾雅不能去吧？」

「為、為什麼？」

沒想到會被拒絕的諾雅非常驚訝。

「再怎麼樣也要取得克里夫的許可，因為我不能擅自帶妳出門。」

「那我去取得父親大人的許可！」

諾雅從椅子上站起來，離開了房間。然後，她馬上又回來。

「優奈小姐，我取得許可了！」

一臉高興的諾雅背後站著克里夫。

因為克里夫就在隔壁房間，的確可以馬上回來。可是，為什麼克里夫會跟過來？

「優奈，在直到派對前的這段時間，可以請妳照顧諾雅嗎？」

克里夫走到我面前提出請求。

「我是沒關係啦。你要做什麼？」

「我還有工作，必須去見各式各樣的人，還要跟葛蘭老爺談談今後的事。所以，我沒有時間陪諾雅。再怎麼樣也不能把諾雅關在房間裡，直到舉辦派對的那一天。而且就算發生什麼事，跟妳在一起應該很安全。」

我是很高興他願意信任我，不過沒關係嗎？

「諾雅不用去打招呼嗎？」

諾雅也是貴族，不用像米莎一樣去打招呼嗎？

「在派對上打招呼就行了，沒關係。在那之前，妳們可以自由行動。諾雅，妳可以外出，但別離開優奈身邊。如果妳不聽話，我以後就不讓妳出門了。」

「我當然不會離開優奈小姐身邊，我會抱著她不放。」

諾雅這麼說著並抱住我。我把諾雅拉開時，米莎露出欲言又止的表情。

「我、我也想去。」

米莎開口說道。

要是我們丟下米莎一個人自己去玩，她的確很可憐。可是就算她想去，也跟諾雅一樣，我不能擅自帶她出門。就算要帶她走，也要先取得葛蘭先生或父母的許可。

她的父母……應該還在人世吧？

米莎的父母應該還活著。我記得第一次見面的時候，有聽說她的雙親先去王都了。

「如果父母允許，米莎也可以一起去。」

要是我擅自帶她出門，惹來麻煩就傷腦筋了。

「真的嗎？」

多一個人和多兩個人沒什麼差別。反正她們兩個人都不像是會自己亂跑的類型，我也很信任菲娜，沒有什麼好擔心的。

「嗯，能取得許可就好。」

「我知道了。我去問問父親大人和母親大人。」

米莎和剛才的諾雅一樣跑出房間。可是打開門的瞬間，她停下了腳步。

「爺爺大人！」

「怎麼？原來米莎在這裡啊。」

房門打開後，葛蘭先生走了進來。

「而且連克里夫也在。」

「我來拜託優奈照顧我女兒。對了，葛蘭老爺怎麼會來這裡？」

「我聽說上次關照過我們的熊姑娘來了，所以來打聲招呼。」

真要說的話，我覺得我受到比較多照顧。購買土地的時候、交出盜賊團的時候，他都幫了我很多。

「好久不見了，熊姑娘。還有，妳叫菲娜吧？」

「啊，是的。我是菲娜。」

突然被葛蘭先生叫到名字，菲娜感到不知所措。話說回來，他用名字稱呼菲娜，卻叫我熊姑娘嗎？

「這次謝謝妳們特地來見我的孫女。」

「我也很想念米莎，用不著道謝啦。」

雖然我是真的很想念她，但實在不太想在慶生會的場合上見面。

我正在跟葛蘭先生說話時，米莎用有點難以啟齒的語氣向葛蘭先生問道：

「那個……爺爺大人，請問我明天可以跟優奈姊姊大人她們一起上街嗎？除了我之外，大家都要去。」

「上街嗎？」

葛蘭先生看著我。

「既然有熊姑娘在，應該沒問題吧。」

又交給我？既然米莎很高興葛蘭先生這麼說，那好吧。

隔天一大早，我帶著菲娜、諾雅、米莎三個人到街上散步。

「優奈小姐，我們要去哪裡呢？」

「這個嘛，我不知道這座城市有什麼，所以打算隨意逛逛。妳們有什麼想去的地方嗎？」

畢竟是我要負責帶領大家，於是我詢問其他人。

「我去哪裡都可以。」

「只要是優奈姊姊想去的地方，哪裡都可以。」

「我只要可以到外面逛逛就好。」

諾雅、菲娜、米莎分別說道，沒有人提出想去的地方。

「既然這樣，我們隨便散散步吧。可是，不可以離開我身邊喔。」

大家都乖巧地回話。走在街上時，路人都看著我們。打扮成熊的女生和三個美少女，真是引人注目的成員。可是我只聽到「熊」這個字。

這些孩子應該還要再過幾年才會受眾人矚目吧。我這麼想，看著三名美少女。

「妳們想不想吃點東西？」

雖然離開宅邸之前有吃過早餐，但也已經過了一段時間。現在應該吃得下一點東西吧。

「好。我想吃。」

「好的。」

「我也想吃。」

得到所有人的贊成後，我問米莎哪裡有攤販，往那個地方前進。米莎說這裡和克里莫尼亞一樣，廣場有攤販聚集。其實我也想逛逛有蔬果店等攤商的市場，不過忍了下來。

我們來到廣場，這裡有好幾個攤位並列著。

從常見的串燒到飲料、用麵包夾著肉等食材的三明治和湯品等等，攤販賣著各式各樣的食物。

好了，要買什麼好呢？

我們一個一個逛著攤位，購買想吃的東西。

結果，大家的手裡都拿滿了很多的食物。

我們原本只想買一點，卻不小心買太多了。逛攤販的時候，每樣東西看起來都很好吃，我也沒辦法。

「優奈姊姊，買這麼多沒關係嗎？」

「不用在意錢的事。大叔，請給我四支串燒！」

我又買了不同的串燒，發給三個女孩。

在第一家攤販購物的時候，對方很驚訝，聽到驚呼的聲音，周圍的人都朝我們看了過來。多虧如此，第二家攤販之後的購物都進行得很順利。

「優奈小姐，我拿不動了。」

「而且也吃不完。」

諾雅和米莎看著手上的食物，的確很多。

「那麼，我們坐在長椅上吃吧。」

我們和樂融融地坐在空著的長椅上，吃著買來的食物。

「我想起在王都的時候了。」

「那個時候，我們也有一起吃東西呢。」

「還能和諾雅姊姊大人跟菲娜一起吃東西，我好高興。」

菲娜一開始很緊張，現在似乎也放鬆下來了，三人一邊融洽地聊著王都的回憶一邊吃東西。

看著她們三個人，我很慶幸自己有來這一趟。

逛完攤販，我們繼續在街上散步。雖然一樣很引人注目，但我們並沒有遇上什麼麻煩，很開心地享受櫥窗購物的樂趣。

我們高高興興地逛街時，前方有幾名少年少女走了過來。年齡大約介於我和菲娜之間，大概十三歲左右。他們看起來似乎是好人家的孩子。距離這個小團體稍遠的地方還有身穿黑色斗篷，看似護衛的人物。雖然我沒資格這麼說，不過對方的打扮很可疑。

那群少年一看到我們，露出討人厭的笑容注視著我。正確來說不是看著我，而是看著米莎。米莎似乎也注意到了，躲到我的身後。

嗯？有什麼問題嗎？他們看起來跟我這裡的孩子不同，個性似乎不太好。小團體笑著朝我們靠了過來。

187 熊熊被嘲笑

米莎似乎認識那群少年，躲到我身後。

「優奈小姐。」

「優奈姊姊。」

「…………」

諾雅和菲娜好像也察覺到討厭的氣氛，抓住我的衣服。可是這樣一來，我沒辦法在發生事情時行動。

「沒事的。發生事情的時候，我會保護妳們。所以以防萬一，放開我的衣服吧。」

聽到我這麼說，她們乖乖地放開了手。如果在她們抓著我的衣服時行動，會很麻煩。

「我還在想怎麼有人穿著那種奇怪的衣服，旁邊的人竟然是米莎娜。帶著一隻奇怪的熊，跟寵物一起散步嗎？」

聽到這番話，少年身邊的跟班笑了出來。糟糕，我好久沒有這麼想揍人了。可是如果對方是有一定地位的小孩，那就麻煩了。

如果只有我一個人就算了，菲娜、諾雅、米莎都在。我不想做危險的事。

少年笑著朝我們走過來。我身後的米莎很害怕，兩人之間似乎曾發生過什麼事。當然了，那對米莎來說肯定不是好事。我把米莎護在身後。

「你可以不要再靠近了嗎？」

我制止想要靠近米莎的少年。

「妳是誰啊？」

「我是這些孩子的護衛。」

「什麼？米莎娜，妳家是請熊當護衛啊！」

少年笑了。少年一笑，後面的跟班們也一起笑。真令人不舒服，我愈來愈想毆打那張不懷好意的笑臉了。

「熊搞不好真的很強呢。」

少年用更大的音量繼續大笑，米莎在我身後顫抖著。諾雅和菲娜都牽著米莎的手，真是溫柔的孩子們。

可是為了米莎，我們或許應該快點離開現場。

「沒事的話，我們要走了。」

「站住，我正在跟米莎娜說話。米莎娜，我要去參加葛蘭老爺的派對呢。妳是不是應該道個謝？跟我說『謝謝您願意來參加派對』啊。」

既然要參加葛蘭先生的派對，對方果然是貴族。竟然得邀請這種沒家教的笨蛋，葛蘭先生也

真辛苦。

「要不要我也去參加妳的生日派對啊？」

「不要來。」

「什麼嘛，我都說我願意去了耶。」

「不要來。」

米莎重複同樣的答案。少年對她的態度感到憤怒。

「妳說這種話沒關係嗎？妳家搞不好會被毀掉喔。」

「……………」

「多討我歡心比較好吧？不然如果妳家完蛋了，我僱用妳當女僕吧。」

少年大笑。對此，米莎沉默地低下頭。雖然我不清楚狀況，但我知道少年是個令人火大的傢伙，而米莎現在很難過。我想要快點離開這裡。

「來，我們走吧。」

我對少年視而不見，帶著女孩們作勢離開。

「站住，我的話還沒有說完。」

少年走過來，想要抓住米莎的手。我站到少年面前，阻擋他的行動。

「幹什麼？走開，區區一個奇裝異服的護衛少來妨礙我！」

「因為是護衛，我才要妨礙你。我不允許你再繼續口出惡言。」

我和少年瞪著彼此。

「妳以為在這個城市違抗我，可以全身而退嗎？穿著奇怪衣服的女生，少在那裡自以為是護衛。要像我這裡的人一樣強，才能算是護衛啦。」

少年指著後方穿著黑色斗篷的男人。對方看起來眼神凶惡，好像很強。

「打扮成那副蠢樣的女生是護衛？這是在耍我吧。要不要我介紹護衛給妳啊？雖然妳可能很快就不需要了。」

「優奈姊姊大人比較強，不用了。」

米莎說了令我高興的話。

「那隻熊很強？別說笑了。」

「所以你沒有很強的護衛，就不敢在街上走嗎？既然這樣，怎麼不乖乖回家吸媽媽的奶？馬麻～如果沒有很強的護衛保護我，我就不敢出門了啦～」

我用嘲諷的語調對少年這麼說。

「妳這傢伙～」

我一挑釁，少年就生氣了。燃點真低，以前都沒有人敢瞧不起他嗎？

少年氣得作勢要毆打我，我用熊熊玩偶手套接下少年的拳頭。

「可惡，放開我！」

少年努力想要抽回自己的手。可是，被熊熊玩偶手套咬住的手不可能被少年的力氣抽離。

「閃開好嗎？」

我用強硬的語調這麼說。

「閉嘴！布拉德！」

少年大叫的瞬間，後方的黑斗篷男子襲擊而來。我放開少年的手，躲開他的攻擊。因為他的攻擊出乎意料地快，所以我只能放開少年的手。

因為我突然放開手，少年失去平衡，一屁股跌坐在地。

看到他這個樣子，站在我後面的米莎等人笑了出來。可能是覺得少年的模樣很可笑，跟他在一起的少年少女們臉上也浮現了笑容。

「妳這傢伙！」

「這不是我的錯喔，有意見就跟那個男的說吧，誰叫他要突然撲過來。說到底，對他下指示的是你自己吧？」

身穿黑斗篷的男子對少年伸出援手，少年卻不領情，自己站了起來。

「布拉德，給我教訓這隻奇怪的熊！」

「蘭道爾大人，請看周圍。」

男護衛對少年這麼說。因為少年大呼小叫，人潮開始聚集過來了。少年環顧四周，露出不甘心的表情。

「嘖，我們走。」

少年對跟班這麼說，然後轉頭看著我。

「別以為反抗了我，妳還可以全身而退。」

少年丟下這句話後離去。

喔喔，壞蛋撂狠話的場景出現了！

少年們消失後，米莎從背後抱住了我。

「他們已經走了，沒事了。」

為了讓微微發抖的米莎安心，我找了一張長椅讓她休息。

「所以，那傢伙到底是誰？跩成那樣。」

「他是這座城市的領主——沙爾巴德家的蘭道爾。」

諾雅回答我的疑問。他果然是貴族。也對，既然他能被邀請去參加葛蘭先生的派對，我也覺得他應該是好人家的孩子。他就是我見到克里夫之前所想像的貴族。驕傲自大，以為全世界都繞著自己運轉的人種，也是我最討厭的人種。

可是，領主是怎麼回事？

「這座城市的領主不是葛蘭先生嗎？」

「是，爺爺大人也是領主。」

「那個，其實這座城市有兩個領主。」

對於米莎沒有提到的部分，諾雅補充說明。一個城市竟然有兩個領主，這是怎麼回事？這種事情，我在原本的世界也沒有聽說過。

「我也不太清楚詳細情形，不過聽說以前法蓮格侖家和沙爾巴德家立下武功，所以公平地分得這一塊領地。當時兩家雖然很和睦，但是隨著時間經過，關係好像變得愈來愈差。」

諾雅詳細說明給我聽。一個城市有兩個領主的事情讓我很驚訝。他們到底是怎麼維持這座城市到現在的？畢竟還有稅金的問題，感情不好的話，好像會演變成搶錢的局面。

「真虧你們這樣還有辦法經營領地。」

「爺爺大人負責東區，沙爾巴德家負責西區，兩家是分開管理的。」

「意思是城市會分成兩個地區嗎？」

米莎點點頭。

可以做到這種事嗎？

不過，既然有了現在，就表示真的行得通，但這座城市還真是麻煩。當時的國王是笨蛋嗎？把一塊土地分給兩個家族，簡直是麻煩的根源。可是因為當時兩家和睦，所以可能沒有問題。時代改變，人際關係也會跟著改變。家族之間的關係不一定能延續到子孫，甚至更久以後的世代。更不要說是牽扯到財產和權利的關係，肯定更加複雜。

幸好我來到這個世界的時候，不是在這個城市的附近。我再次對自己能在森林裡遇見菲娜的事情懷抱感恩。如果往不同的方向走，我或許會來到這座城市。我伸手撫摸靜靜聽著其他人說話的菲娜的頭。

「咦，優奈姊姊，怎麼了？」

突然被摸頭的菲娜感到困惑。我不在意菲娜的反應，繼續撫摸她的頭。

「可是，就算是領主的兒子，他也太粗暴了吧。」

「因為他總是罵人，我很討厭他。」

難得米莎會罵人。的確，他突然說自己要參加派對，要求米莎向他道謝，也太高高在上了。

我想應該是父母的教育有問題。一想到那種人是貴族，我就覺得可怕。

「他平常就那麼具有攻擊性嗎？」

「嗯，最近特別嚴重。每次看到我，他就會來說我父親大人、母親大人或爺爺大人的壞話。」

看到米莎的瞬間，他的確像是找到霸凌目標一樣高興。一看他的臉就可以知道他的性格有多糟糕。

「那個男生也有被邀請去參加葛蘭先生的派對嗎？」

「是的。他畢竟是共同治理這個城市的領主兒子，雖然爺爺大人好像不太想邀請他。」

明明不想邀請，卻不得不邀請，貴族的關係還真麻煩。

不過，這也不僅限於貴族社會就是了。跟朋友一起出遊的時候，有時候也得邀請自己不想邀請的人。戲劇和電影裡也會出現不得不邀請討厭的人，參加派對的橋段。雖然人之間的交情很重要，卻不得不邀請自己不想扯上關係的人，因為人都有所謂的表面。

「這麼說來，他身邊的那些孩子也是貴族嗎？」

跟在少年身邊的那些少年少女們也有嘲笑米莎，個性很惡劣。

「我想他們應該是這個城市的商人，或有權有勢的人的小孩。」

也就是向他獻媚的跟班吧？

可是，從小就開始向他人獻媚，真是可悲的人生。因為他們一輩子都要對那個少年低頭。就這一點來說，我以前一直都窩在家裡，根本不會參與那種階級關係。如果不想扯上麻煩的階級關係，當家裡蹲是最好的。

不過，商人的孩子啊。既然小孩子是那副德性，父母可能也差不多吧。

我可以很輕鬆地想像到惡毒的商人借助領主的力量，用不正當手段賺錢的模樣。「您可真壞啊」、「不不不，我怎麼比得上領主大人呢？」等類似的對話在我的腦中播放。

他另外還說了不能充耳不聞的話，讓我很在意。他說葛蘭先生的家很快就會完蛋。他那番話的意思是法蓮格侖家會完蛋吧？雖然在意，但我很猶豫該不該問米莎。

因為那個笨蛋貴族的關係，我都沒有心情探索城市了。

「我們今天先回去吧。」

「我沒事的。」

雖然米莎很有精神地這麼說，但才剛發生那種事。而且就算是小孩子之間的爭吵，我還是覺得應該告知葛蘭先生。如果是魔物的話，就輪到我出場了。但貴族最好還是交給貴族去應付。

可是如果直接回去，會變得好像是米莎害的。那樣一來，米莎可能會感到自責，覺得自己妨礙大家開心地逛街。

「既然這樣，我們稍微逛一下再回去吧。」

「好的，我們走吧。」

「那我們去那邊看看吧。」

理解我想法的菲娜和諾雅也表示贊成。

「……謝謝大家。」

米莎露出開心的表情。

我們忘記笨蛋貴族的事情，和米莎一起開心地在街上散步。

188 熊熊向葛蘭先生報告

回到葛蘭先生的宅邸後，梅森小姐來迎接我們。

「歡迎各位回來。請問發生什麼事了嗎？」

梅森小姐看到米莎的表情後似乎察覺到了什麼，這麼問道。在那之後，我們又轉換心情散散步，米莎的心情也開朗了一點，但梅森小姐似乎看得出來。

「我們遇到了一點小麻煩。」

梅森小姐聽了之後盯著我看。原因不是出在我身上啦，雖然我可能是遠遠地被對方看到的原因。

「我們遇到沙爾巴德家那個叫蘭道爾的討人厭笨蛋，所以米莎遇到了一點不開心的事。」

聽到我說的話，梅森小姐的表情一變，望向米莎。

「米莎娜大人，您沒事吧？」

「優奈姊姊大人保護了我，我沒事。」

「這樣啊。優奈大人，非常感謝您保護了米莎娜大人。」

梅森小姐深深低下頭。

這個嘛，這本來就是我的職責。雖然我沒有想到世界上竟然有那種典型的笨蛋貴族般的小孩。

我們回到房間，正在休息時聽見敲門聲，梅森小姐走了進來。

「優奈大人，不好意思。葛蘭大人說希望能夠見您一面。」

「葛蘭先生？是關於今天的事嗎？」

「是的，葛蘭大人似乎想要知道詳細情況。」

我請梅森小姐帶我去葛蘭先生所在的房間。

「就是這裡。」

梅森小姐敲敲門，傳達自己帶我過來了。允許我們進入的聲音從裡面傳出，我打開門。

「小姑娘，抱歉叫妳過來。」

房間裡不只有葛蘭先生，連克里夫都在。桌子上排放著看似資料的東西，他們似乎在討論什麼。

葛蘭先生把資料整理成一疊，催促我在椅子上坐下。

「我聽說了，妳們好像遇到了沙爾巴德家的兒子。」

「他對我們很有敵意。」

「妳們還好嗎？」

「大家都毫髮無傷，只是被惡言相向而已。」

就算只是如此，對孩子們來說應該也很難受。我把笨蛋貴族對米莎做的事情報告給葛蘭先生知道。聽完這些事，葛蘭先生嘆了口氣。

「又來了。」

葛蘭先生一臉不悅地低聲說道。

「我聽諾雅和米莎說了大概的情況，你們的關係這麼糟糕嗎？」

「很糟糕，最近特別糟糕。這種騷擾是在幾年前開始的，一開始只是一些小事，就連是誰幹的都不清楚。所以我們並沒有放在心上，可是最近他們會明目張膽地騷擾我們。針對米莎的騷擾也是其中之一。雖然我對此表示抗議，他們卻說又沒有人受傷，父母不該插手管小孩子之間的爭執。」

葛蘭先生很不甘心地說道。

他們不知道言語暴力會傷害別人的心嗎？有些人會因此而無法重新振作起來，甚至有人會因此自殺。

「這麼說來，葛蘭先生也有受到騷擾嗎？」

這件事似乎會談很久，所以我從熊熊箱裡取出三人份的飲料。他們兩人都喝了我拿出來的飲料。

「商業公會的會長換成了與沙爾巴德家有關的人。從此之後，商業公會就變得明顯以沙爾巴德家為優先，物品也會優先供應給沙爾巴德家治理的地區。那樣一來，居民就會到沙爾巴德家轄區內的商店購物，而我治理的地區收入減少，稅收也跟著減少。」

「你們有向商業公會抗議嗎？」

「公會說商人要把商品賣到哪裡是商人的自由。而且居民只是到稍遠的商店購物，並不是無法購物。」

「傷腦筋的是在老爺的轄區內作生意的人。其中也有些人已經搬到沙爾巴德家治理的地區了。」

克里夫對葛蘭先生的話補充說明。

「原來會長有那麼大的權力啊。」

「與其說是權力，不如說是收買吧。例如供貨給他們的店，就給商人方便等等。從商人的角度來看，當然要供貨給條件更好的一方。」

「因此，我轄區內的店家都缺貨。」

要打擊對手，這的確是很有效率的方法。

「真是惡劣的手段，竟然不賣東西給特定的人。」

聽到我這麼說，克里夫做出出乎意料的反應。

「優奈，妳忘了自己以前對我做過什麼事嗎？」

他用傻眼的表情對我說。

嗯？我有對克里夫做過什麼嗎？我不記得了。

我不懂克里夫說的話是什麼意思，於是歪起頭。

「妳真的忘了嗎？妳曾經拜託米蕾奴不要賣蛋給我，不記得了嗎？」

我用戴著熊熊玩偶手套的手敲了一下掌心。

喔，我曾經以為克里夫取消了給孤兒院的津貼，的確做過那種事。到現在還記得那麼久以前的事，克里夫真是心胸狹窄。

而且如果克里夫有好好做事，孤兒院就不會變得那麼窮困，所以才不是我的錯呢。

「就跟優奈對我做的事一樣。只不過他們所做的事規模更大，手段更惡劣。」

「現在這座城市的有力人士，也開始漸漸向沙爾巴德家靠攏，我轄區的缺貨問題則愈來愈嚴重。我就是找克里夫來商量這件事。」

「葛蘭老爺應該早點找我商量的。」

原來他們在談的是這件事啊。

「抱歉，我原本不想給你添麻煩。」

葛蘭先生對比自己年輕的克里夫低頭。

「所以事情才會演變成現在這個樣子吧。」

「我沒有想到他們會這麼大陣仗地打壓我們。」

「貴族會因為被打壓就消滅嗎？」

「是啊，只要失去收入，貴族也會破產。領地會被國王收回，轉讓給其他人。」

「那個其他人就很有可能是沙爾巴德家。如果光看稅收報告書，他們是優秀的領主。」

既然稅收增加了，從文件上看來，沙爾巴德家的確是優秀的領主。文件上可不會把他們為了增加稅收所做的壞事寫出來。

「所以，葛蘭老爺和我正在研擬對策。目前決定從我的城市運送物資過來，但商業公會被他們掌握的事實在很令人頭痛。」

「因此，這次邀請了大商人和富豪的派對非成功不可，不能就這麼讓對方的兒子繼承這塊領地。」

「我們要盡量多拉攏一些人，對抗他們才行。」

原來這場派對也有那個目的啊。看來米莎和蘭道爾的關係，似乎有著比小孩子吵架更深的因緣。對蘭道爾來說，她是爭奪領地的對手。而且從他的口氣聽來，他以為自己已經贏了。竟然說要僱用米莎當女僕。如果米莎流落街頭，我會收留她，才不會交給那個笨蛋呢。

最好的結果是葛蘭先生在與沙爾巴德家的爭鬥中獲勝，但目前似乎居於劣勢。

可是今後克里夫好像會幫忙，或許沒問題吧？

貴族之間的鬥爭輪不到我出場。

「優奈，可以拜託妳照顧諾雅嗎？我們不知道沙爾巴德家會做出什麼事，請妳待在她身邊。」

「米莎也拜託妳了。」

就算他們兩個人不要求，我也會保護她們。米莎她們就像我心愛的妹妹。不管發生什麼事，我都會保護她們。

「另外，很抱歉，請妳們暫時不要外出，我不知道會發生什麼事。雖然有妳在應該很安全，但畢竟也會有萬一。所以直到派對結束之前，請妳們待在宅邸內。」

請不要太小看家裡蹲。我在家裡宅了幾年，宅個幾天不過是小事一樁。

就算沒有電腦或電視，有心還是能找到玩樂的方式。而且我不是一個人宅在家，有四個人，有很多能在室內玩的遊戲。

談話結束，我正要從椅子上站起來時，走廊上傳來吵雜聲。沒有敲門就打開門的梅森小姐衝進房間。

189 熊熊為米莎努力

「葛蘭大人，不好了！」

衝進房間的梅森小姐臉色蒼白。

「怎麼了？」

「身為料理長的波滋先生遭到攻擊，受傷了。」

「………」

「………」

聽到梅森小姐這麼說，兩人陷入沉默。

「傷勢呢？波滋還好嗎？」

「現在正在治療。」

「他在哪裡？帶我過去。」

葛蘭先生留下我和克里夫，走出房間。

「來這招啊。」

克里夫小聲說道。

「什麼意思？」

「剛才也說過了，這次的派對除了慶祝葛蘭老爺的生日，同時也是為了招呼有力人士，拉攏他們加入我方陣營的機會。負責烹調料理的料理長受傷了，使得派對無法供應餐點。如果派對取消，葛蘭老爺的形象就會變差。」

「不能找其他廚師嗎？」

「波滋是在王都的一流餐廳擔任過副料理長的廚師，很難找到人代替他。如果不能供應讓有力人士們滿意的餐點，法蓮格侖家的名聲就會變差，也不會有人願意伸出援手。」

雖然我覺得不過就是料理，但要招待客人，料理的確很重要。

一邊吃著美味的料理一邊進行交涉是很常見的情況。政治人物會在高級餐廳談話，企業也會招待賓客。

如果對方以為會在談判桌上吃到高級料理，結果端上桌的卻是泡麵，應該會很生氣吧。雖然我覺得應該不至於那麼糟糕，卻也能理解克里夫想說的話。

料理不只是能帶動氣氛，也能讓人敞開心房。料理就是這麼重要。

如果端出來的料理不好吃，就會讓客人心情不好，談話的氣氛熱絡不起來，交涉也會變得更困難。

「你覺得這是沙爾巴德家幹的好事嗎？」

「八九不離十吧。」

克里夫用手抵著下巴陷入沉思。

「能找到新的廚師嗎？要從哪裡帶過來？這座城市有嗎？從克里莫尼亞帶來比較實在，但時間來得及嗎？」

克里夫的想法從口中洩漏而出。

如果是派對用的料理，莫琳小姐和安絲都沒有機會出場。不管多麼美味，她們兩人的料理都是一般的家常菜。她們不會做貴族的派對用料理。

我當然也不會做派對料理，頂多只會做派對蛋糕。

「優奈，妳的熊……抱歉，當我沒說。」

克里夫好像想拜託我什麼，卻沒有說完。我知道他想說什麼，他應該是想要請熊緩牠們把廚師載過來吧。克里夫似乎認為這是最好的方法。

如果克里莫尼亞有廚師，騎我的熊應該能在一天來回。搭乘普通的馬車或騎馬會很花時間。可是考慮到料理的事前準備，現在才開始找或許很困難。

我正在思考這些事的時候，葛蘭先生回來了。

「葛蘭老爺，情況如何？」

「生命沒有危險，但傷勢都集中在手部。他暫時是沒辦法做料理了。」

「這麼說來，派對的料理……」

「沒辦法了。」

葛蘭先生搖搖頭。

葛蘭先生在椅子上坐下，克里夫則閉上了嘴巴。兩人之間瀰漫起陰沉的氣氛。

「他到底是在哪裡受到攻擊的？」

「好像是去確認派對要用的食材，回程時在沒有人經過的地方被攻擊了。」

「那犯人呢？」

「不知道，我已經派傭人去調查是否有目擊者了。可是，現場似乎是很少有人會經過的地方。誰知道會不會有目擊者。就算有人看到，主動出來指認的可能性也很低。」

「果然是沙爾巴德家做的嗎？」

「恐怕是吧。除此之外也沒有理由攻擊廚師。」

葛蘭先生立即回答克里夫的疑問。

「那麼葛蘭老爺，你打算怎麼做？」

「就算找不到波滋那麼好的廚師，也只能找找看了。派對不能取消，也一定要避免沒有料理的情況。」

「你有頭緒嗎？」

葛蘭先生搖搖頭。

「這座城市的人都害怕沙爾巴德家，恐怕沒有人願意幫助我們，或者是已經被錢收買了。」

「既然如此，只能從克里莫尼亞帶來了。」

克里夫對葛蘭先生提出自己的想法。這麼一來，就輪到我出場了。

「那我去載廚師來。有熊緩和熊急在，很快就到了。」

「不，妳還是待在諾雅她們身邊吧，我會派我的部下去。使用快馬就還來得及。葛蘭老爺也可以接受嗎？」

「克里夫，給你添麻煩了。」

「畢竟克里莫尼亞也不能置身事外。葛蘭老爺失去領主身分，我就傷腦筋了。這點小事不成問題。」

克里夫說完後站起身，走出房間。

「我也得做自己該做的事。」

葛蘭先生坐到辦公桌前，開始工作。為了做克里夫交代我的事情，我也回到自己的房間。

我一進到房間，菲娜等人臉上都掛著憂鬱的表情。

「怎麼了？」

「那個，我們聽說波滋先生被攻擊的事了。」

「妳們已經聽說了啊。」

「嗯，我們聽到女僕小姐說話的聲音。而且外面很吵鬧……」

在我回到房間的路上，宅邸內的確很吵鬧。在這種情況下，沒發現才奇怪吧。

「優奈姊姊大人，請問妳知道是為什麼嗎？」

「我也只知道廚師被襲擊，受傷了。還有就是生命沒有危險。」

「太好了。」

聽到廚師沒有生命危險，米莎露出稍微安心一點的表情。

「可是，他的手好像受傷了，聽說暫時沒辦法做料理。」

因為沒辦法隱瞞，所以我說出這件事。

「那派對的料理要怎麼辦？」

「後來決定要從克里莫尼亞帶廚師過來。」

米莎對派對可以如期進行的事感到安心，臉色卻很差。

後來米莎因為掛心受傷的廚師，沒有什麼精神，回到自己的房間去休息了。擔心米莎的諾雅也陪著她一起過去。

「米莎大人不知道有沒有事。」

原因果然就在於遇到叫蘭道爾的笨蛋，和廚師遇襲的事吧。聽到廚師受傷的事情，她的表情更憂鬱了。

雖然她努力想要表現得很有精神，但是一看就知道是強顏歡笑。

「有諾雅陪著她，沒事的。」

她今天好像要跟沒有精神的米莎一起睡覺。所以，我想應該沒問題。

房間裡只剩下我和菲娜。

為了一臉不安的菲娜，我召喚出變成小熊的熊緩和熊急。菲娜在床上抱著小熊模樣的熊緩，我則抱著熊急，撫摸牠的頭。

「優奈姊姊，會不會有事呢？」

「克里夫和葛蘭先生會想辦法的。」

雖然狀況似乎不太好，我還是這麼說著安撫菲娜。

「嗯，說得也是。克里夫大人一定能想辦法解決的。」

「葛蘭先生的生日派對成功以後，還要舉辦米莎的生日派對，我們要好好幫她慶祝才行。」

「嗯，真想早點把禮物送給她。米莎大人會喜歡嗎？」

「那是我們努力做的，一定沒問題。米莎也會喜歡的。」

菲娜打了個小小的呵欠，好像很睏。我正打算關燈睡覺的時候，有人敲響了房門。我確認了一下熊緩和熊急的反應，牠們打了呵欠。似乎沒有危險。或許是諾雅和米莎來了吧。

「誰？」

「是我。可以打擾一下嗎？」

聲音的主人是克里夫。我打開門，看到表情疲憊的克里夫。

我請克里夫進到房間裡，給他一杯水。克里夫一口氣把水喝光了。

「所以，有什麼事嗎？」

「我有事想要拜託妳。這件事只能拜託妳了。」

事情似乎很嚴重。

「我派往克里莫尼亞的拉馮回來了。他在騎馬的時候被弓箭攻擊。雖然拉馮沒事，但馬卻……拉馮沒能前往克里莫尼亞，回到了這座城市。」

幸好擔任護衛的拉馮先生沒事。但對方竟然對奔跑中的馬射箭，太危險了。

「也就是說，他被人埋伏了嗎？」

「他遇襲的地點離城市不遠，或許是被跟蹤了。這算是不幸中的大幸。要是走得太遠，就沒辦法回到這裡了。」

他雖然從馬上摔落，但好像沒有受到什麼嚴重的傷。然後在回到城市的途中，他幸運地搭上碰巧經過的馬車，才得以早點回來。

「雖然我本來不想把妳捲入貴族之間的鬥爭，但再這樣下去，法蓮格侖家可能會失勢。我不想看到這種情況發生。葛蘭老爺在我年輕的時候幫了我很多次。所以，我想幫助他。希望妳能助我一臂之力。」

雖然動作很小，克里夫對我低下頭。

克里夫可是貴族。在我看過的漫畫或小說裡，貴族根本不會對平民低頭。這或許代表他真的已經無計可施了。

「嗯，沒問題。只要帶廚師過來就行了吧，反正我也很討厭那個貴族，而且要是葛蘭先生的家破產，米莎就太可憐了。我要讓對方後悔招惹到我。」

呵呵，我可沒有忘了那個笨蛋貴族笑著說我是寵物的事。

「怎麼，妳有認識的廚師嗎？」

「有啊，而且是無可挑剔的廚師。」

我認識一個王宮廚師。

「是誰？」

「祕密。」

「這件事可以交給妳吧？」

「雖然你這麼說會讓我很困擾，可是對方有欠我人情，我想應該沒問題。」

國王有欠我人情。最糟的情況下，如果賽雷夫先生不行，我打算借用在王宮工作的廚師。

「那我現在就出發喔。」

「馬上出發嗎？」

王都比克里莫尼亞還要遠。如果不早點出發，別人會起疑。

「愈早愈好嘛。你可以幫我跟諾雅她們說一聲嗎？」

「我知道了，我會跟她們說的。」

「另外，雖然待在宅邸裡很安全，在我回來之前，菲娜就拜託你了。」

「嗯，我會好好照顧菲娜的。」

「那我要換衣服了，你可以先出去嗎？還有，我會自己出發，不用管我。」

「那就拜託妳了。」

克里夫沒有懷疑我所說的話，離開了房間。

「優奈姊姊，妳現在就要出發了嗎？」

菲娜抱著熊緩，一臉寂寞地這麼問。

「嗯？沒有啊。」

「咦？」

菲娜驚訝地看著我。

「反正有熊熊傳送門，現在去也還是晚上。既然這樣，早上再去也沒差吧。」

我對克里夫說要馬上出發是為了讓他以為我從今晚就騎著熊緩牠們移動。實際上只要使用熊傳送門，我就可以馬上抵達。

「嗯、嗯。是沒錯，這樣好嗎？」

菲娜歪起頭。

「當然好了。現在已經很晚了，快睡吧。好了，我要關燈了喔。」

我把菲娜壓到床上，我也鑽進被窩。

「對了。熊緩、熊急，明天要早點叫醒我喔。」

我這麼拜託後，牠們小聲叫著「咿～」回應我。我抱著身旁的熊急，進入夢鄉。

190 熊熊借用王宮料理長

啪啪。

我睡得正香甜的時候，某種柔軟的東西拍打我的臉頰。

我馬上察覺這是熊急的肉球。

對了，我今天一大早就得出發了。

我望向窗外，天色還很暗。

「熊急，謝謝。」

我摸摸熊急的頭，感謝牠叫醒我。我伸了個懶腰，走下床。睡在隔壁床上的菲娜也同時動了起來，坐起身體。

「優奈姊姊，妳要走了嗎？」

「我吵醒妳了嗎？抱歉，妳可以再睡一會兒。」

「不用了。因為我想幫優奈姊姊送行，所以拜託熊緩在優奈姊姊醒來的時候叫醒我。」

菲娜這麼說讓我很高興。

我對菲娜的心意感到感激，換上平常的黑熊服裝。

「那我走了嘍。如果有什麼事，就馬上用熊熊電話呼叫我，我會馬上趕過來的。外面很危險，在我回來之前都不要出門喔。」

雖然很擔心我不在的時候會發生什麼事，但待在宅邸內應該很安全。可是我還是會擔心，於是這麼叮嚀菲娜。

「嗯。可是，優奈姊姊也要小心喔。」

我摸摸菲娜的頭，召回熊緩和熊急。我在大家都還在睡覺的清晨打開窗戶，來到陽台上。我的目的地是宅邸的屋頂。我跳到屋頂上。

這裡應該可以吧？

屋頂的中央有一處死角，我將熊熊傳送門倒下來，設置在這裡。這樣一來，不管從哪個方向都看不見熊熊傳送門。我打開地上的門，傳送到王都的熊熊屋。

跳進門裡的瞬間，我的身體往奇怪的方向倒下。

看來是因為我以跳進洞穴的方式進到門裡才會跌倒。雖然不會痛，卻是個丟臉的瞬間。幸好沒有被任何人看見。

我在王都的熊熊屋吃了早餐，打發一點時間後才前往城堡。我要假裝自己從昨天晚上開始不眠不休地騎著熊緩和熊急來到這裡。就算是那樣也只過了半天。為了不讓人起疑，我調整了一下時間。

一來到城堡入口，站在大門前的士兵就發現了我。

「那個，我可以進去嗎？」

「啊，是。請進。」

發出入城許可後，一名衛兵正打算跑著離開。

「等一下。」

我叫住了正要起跑的衛兵。

「我今天不是來找芙蘿拉大人，是來找國王陛下或艾蕾羅拉小姐的，見得到他們嗎？」

「呃～請稍等一下。艾蕾羅拉大人在城堡裡，但現在這個時間，我們也不知道她在哪裡。雖然可以向國王陛下報告，但不確定是否能會面……」

也對，就算問一般士兵也不知道怎麼處理這種事吧。

嗯～既然這樣，只好請人家把我來了的事情報告給國王陛下知道，我再去芙蘿拉大人的房間等了。可是見到了芙蘿拉大人，她願意馬上放我走嗎？芙蘿拉大人悲傷的表情浮現在我的眼前。

早知道會如此，或許我應該帶布偶過來。很可惜，現在熊熊箱裡只裝著要送給米莎的布偶。

可是，竟然沒有人知道艾蕾羅拉小姐在哪裡。那個人到底在哪裡做些什麼呢？

「您打算怎麼做呢？」

站在大門前的士兵這麼問我。

忙。

嗯~可以見到艾蕾羅拉小姐是最好。

我正在煩惱該怎麼辦的時候，我想見的人就走過來了。

「我遠遠看到有熊才過來，果然是優奈呢。」

行蹤不明的艾蕾羅拉小姐對我說話。她平常總是突然現身給我添麻煩，今天倒是幫了我大忙。

「艾蕾羅拉小姐，我可以拜託妳一件事嗎？」

「什麼事？不管怎麼樣，我們可以邊走邊說嗎？因為我現在正在散步，順便到處巡視。」

散步？巡視時的確會到處走動，但她明明可以直接說是在巡視。

艾蕾羅拉小姐告訴士兵不用聯絡國王，然後邁出步伐。

「所以妳有什麼事呢？優奈竟然會拜託我，真稀奇呢。」

「與其說是拜託艾蕾羅拉小姐，不如說是拜託國王陛下。我想要借用擔任料理長的賽雷夫先生幾天的時間。」

「賽雷夫？我可以問理由嗎？」

我說明了在錫林城發生的事。

「這麼說來，克里夫寫來的信裡也有提到要去錫林城呢。不過，沙爾巴德家啊，最近關於他們的傳聞不太好呢。」

果然如此。

「我沒辦法擅自允許別人把賽雷夫帶走呢。」

也對，人家可是王室的料理長，沒有國王的許可不行吧。

「既然這樣，我們去見國王陛下吧。」

「可以嗎？」

「可以啊。反正不論如何，我也得向他報告優奈來了的事。」

那是什麼規定？

算了，可以見到國王就好。我跟著艾蕾羅拉小姐走向城堡內的深處。

路上遇到的每個人都會對艾蕾羅拉小姐低頭問好。對此，艾蕾羅拉小姐回以輕鬆的招呼。艾蕾羅拉小姐的地位果然很高吧？

在走廊上走了一陣子，我們看到兩名警衛站在前門。

「艾蕾羅拉大人您好。這邊這位穿著熊造型服裝的女孩，是傳聞中的那位嗎？」

傳聞內容是什麼？雖然我很想問，但我想像得到，於是假裝沒聽見。反正就算問了也只會聽到一些奇怪的謠言。

「我們想見國王陛下，可以讓我們進去嗎？」

「是，請兩位稍等。」

警衛敲了敲門，入內進行確認。然後，許可的聲音從房內傳了出來。

「請進。」

得到進入房間的許可，我和艾蕾羅拉小姐一起走進去。這個房間很寬敞，裡面有三個人。一個人是國王，還有一個人是與國王同世代的男性，左邊的桌子坐著一個二十歲左右的帥哥。我覺得他長得很像某個人。

「是艾蕾羅拉和優奈啊。怎麼了？優奈竟然會來找我，真稀奇。」

「優奈說她有事情想拜託陛下。」

「拜託我？」

聽到這句話的國王露出微笑，另外兩個人的表情卻有點尷尬。也對，突然有個穿著熊熊布偶裝的女孩直接對國王提出請求，他們會露出這種表情或許很正常。

「打算拜託我什麼？就算是妳的請求，我也會有辦不到的事啊。」

嗯，那倒也是。不過，只要能直接拜託國王就夠了。我開門見山地說：

「我想借用賽雷夫先生幾天。」

「賽雷夫嗎？為什麼？」

雖然是第二次，我還是再度說明了剛才跟艾蕾羅拉小姐說過的話。

「沙爾巴德家和法蓮格侖家啊。」

站在國王旁邊的男人開口說道。

他是誰呢？我是第一次見到，所以不認識他。既然待在這裡，應該是身分地位很高的人吧。

「那塊領地啊……爺爺做的事也真多餘。」

國王靠到椅背上，一臉嫌麻煩地說。

「不過，當時那是最好的方法，所以也無可厚非。」

「可是那麼做就造成了現在的狀況，簡直是大麻煩。」

他們是在說賜予領地給兩個貴族的前任國王嗎？

我也贊同這個意見。如果不那麼做，就不會發生這種情況了。

「國王也知道現在的狀況嗎？」

「我知道沙爾巴德家在背地裡做了很多事的傳聞。」

「最近沙爾巴德家的稅收增加，而法蓮格侖家減少，因此我們曾要求法蓮格侖家寫報告書。可是，報告書上並沒有記載理由。」

從別的角度來看，法蓮格侖家只不過是在商場上落敗，沙爾巴德家比較努力而已。別人反而會心想法蓮格侖家過去都在做些什麼。

「貴族之間爭奪地盤是隨處可見的事。說得殘酷一點，法蓮格侖家就是能力不足。」

我也這麼想。我原本的世界也一樣，同個地區的人或多或少都會互相鬥爭。改善居住環境，使當地蓬勃發展是住在那個地區的領導者的責任。

可是，我也覺得應該還有更好的方法。在我聽來，這個問題似乎一直被擱置不管。

「只不過，沙爾巴德家確實有些不好的傳聞。」

「侵占、脅迫、暴力等傳聞一直沒有平息，但根據屬下的報告，並沒有發現證據。這麼一

來，我們就無法出手了。」

嗯，標準的官僚體制。

就算是國王，光靠傳聞似乎也沒辦法像正義的化身一樣制裁壞人。如果沒有證據，也有可能是誤會。

「我聽說沙爾巴德家和波爾納德商會好像有什麼關聯。」

原本一直保持沉默的金髮帥哥從旁插嘴說道。他果然很像某個人，我正在看著金髮帥哥的時候，國王注意到了這件事。

「對了，優奈是第一次見到艾爾納特嗎？」

「艾爾納特？」

沒聽過的名字。

我歪著頭後，帥哥笑了。

「沒想到會有不知道我是誰的人出入這座城堡呢。初次見面，我是福爾歐特王的嫡子，艾爾納特。熊姑娘。」

喔，原來是像國王啊。也就是說，他是王子殿下。

「你知道我是誰啊。」

「我從父王、母后和芙蘿拉那裡聽說過。而且妳一來，父王就會把工作推給我，跑得不見人影呢。」

他明明是帶著笑容說話，我卻覺得很可怕。可是，那是我的錯嗎？我只是來見芙蘿拉公主，根本沒有叫國王來。請不要把錯推到我身上。

我用哀怨的眼神看著國王，他就乾咳一聲，開口說道：

「不過，波爾納德商會啊。」

啊，他轉移話題了。國王使用了我的得意招式——祕技之轉移話題。

不過，我對波爾納德商會很好奇，所以問了艾蕾羅拉小姐。

「優奈不知道吧。波爾納德商會是王都這裡最大的商會。他們名下有很多商人在全國進行買賣，連貴族都不敢隨便違抗他們，是個很有影響力的商會。」

「關於他們的傳聞有好有壞。」

「難道這次商人的行動也跟他們有關？」

「或許是他們在背後穿針引線，也有可能完全無關。」

「不過，如果波爾納德商會盯上了葛蘭老爺的領地，那就麻煩了。」

這個世界也有類似黑社會的東西嗎？

可是，如果那個波爾納德商會和沙爾巴德家之間有關聯，葛蘭先生要拉攏商人或有力人士的話似乎很困難。這已經跟派對沒有關係，根本是過不了關的遊戲。結局早就已經確定了。可是如果派對不成功，結局會提早到來。不論如何，為了讓派對圓滿成功，還是需要廚師。

「所以，你願意把賽雷夫先生借給我嗎？」

就算現在事情跟波爾納德商會有關，我也沒有能力處理。我只能帶身為廚師的賽雷夫先生走而已。

「好吧。廚師遭到攻擊的事我無法介入……不過，畢竟是法蓮格侖家爺爺的生日派對，我允許妳帶走賽雷夫。」

說到底，只是一名廚師遭到襲擊，本來輪不到國王出面解決。如果是身為王宮料理長的賽雷夫先生遇襲還說得過去，但被攻擊的人只是地方貴族的廚師而已。不只如此，目前還沒查出犯人是誰。我們只是懷疑沙爾巴德家，還不確定就是他們。

而且，如果連地方發生的輕微犯罪都要一一稟報國王，國王就沒辦法工作了。

以日本來說，就像是在小鎮被毆打受傷的人去請總理大臣調查可疑人物一樣。追查犯人是身為領主的葛蘭先生的工作。如果犯人是平民，葛蘭先生可以直接制裁。如果對手是沙爾巴德家，到時候只要連同證據一起向國王報告就行了。

「只不過，關於賽雷夫的事，我會當作是艾蕾羅拉的請求來處理。可以吧？」

國王看著艾蕾羅拉小姐。

「沒問題。反正克里夫也會出席，就算其他貴族有怨言，這應該也能當作藉口。」

要讓身為王宮料理長的賽雷夫先生來做葛蘭先生的派對料理，需要有個理由。實在不能說是打扮成熊的我要求的。

事情都談妥之後，我去找人在廚房的賽雷夫先生。

191 熊熊去見王宮料理長

得到國王的許可後，我出發尋找賽雷夫先生。不知為何，我身邊的人從艾蕾羅拉小姐換成了國王。因為離開房間之前有過以下的對話：

「艾蕾羅拉，我陪她去，妳可以回去工作了。」

「等等，為什麼？我陪她去啦。」

「不行，妳回去工作。而且，由我來向賽雷夫說明比較快吧。」

「我本來就有在乖乖工作。說明這種事，我也能做好。」

「那麼艾蕾羅拉大人，請問前幾天那件事辦得如何了呢？」

國王身邊的男性向艾蕾羅拉小姐問道。

「詹古？喔，那件事還沒有辦好。」

艾蕾羅拉小姐別開眼神回答。

「麻煩您盡早處理。」

名叫詹古的男性用溫柔卻強硬的口氣請求。

「嗚嗚，我知道了啦。優奈，下次見嘍。下次來的時候，要帶好吃的東西來喔。」

「請父王也早點回來。每次一找到機會，父王總是會溜走。和艾蕾羅拉一樣，父王的工作也已經堆積如山了。」

身為兒子的王子這麼說道。

「我知道，別說得好像我總是在偷懶。」

「那位熊姑娘一來，您總是會偷溜吧。」

王子看著我。到底為什麼要看著我啦。

我從來都沒有叫國王來過，是他擅自跑來。可以不要用那種責怪我的眼神看我嗎？這次可能是我的錯，但平常不是喔。我覺得王子好像在我不知道的情況下誤會了我。

人就是這樣因為自己不知情的事而受到厭惡、遭到怨恨的吧。小事情也會積沙成塔，最後被人家從背後捅一刀。明明就不是我的錯。

真的那麼想叫國王工作，把他綁在椅子上不就好了嗎？那樣一來，國王也會乖乖工作，王子的工作就不會增加了，我也不會被打擾。真是一石三鳥。下次有機會見到王子，我決定這麼建議他。

而且，他是芙蘿拉大人的哥哥，我要維持好印象才行。否則下次要見芙蘿拉大人的時候可能會有困難。

我和不甘願地回到工作崗位上的艾蕾羅拉小姐道別，與國王一起前往廚房。廚房裡有很多廚師正在工作。

「好多人喔。」

「當然了，他們正在幫在城堡裡工作的人準備餐點。就算不是所有人的份，分量還是非常多。」

其中也有些人會自己帶便當，但大部分的人好像都會到餐廳吃飯。

國王和我站在廚房的入口很顯眼，受到眾人的注目。城堡裡地位最高的國王和穿著熊熊布偶裝的我，不引人注目才怪。

「是熊。」「為什麼有熊在這裡？」「是那隻熊嗎？」「傳聞中的熊嗎！」「不過，還真的是熊啊。」「怎麼，你是第一次見到嗎？」「年紀比我還要小嗎？」「而且很嬌小呢。」「話說那身打扮是怎麼回事？」「喂，她會聽到的。」「惹她生氣會被料理長罵的。」

不，我都聽到了。而且比起國王，投射到我身上的視線還比較多？太奇怪了吧？一般來說，一國之君來到這裡，不是應該注意他嗎？

「喂，誰去跟那隻熊說話吧。」「你去啦。」「啊，國王陛下也在呢。」

廚師們開始互相推卸責任。不，別管我了，先跟統治這個國家的國王打招呼吧，你們太奇怪了。因為沒有人敢靠近，所以我正打算主動開口時，一個身材豐滿的廚師走過來。

「請問國王陛下和優奈閣下來到這裡有什麼事嗎？」

來向我們搭話的人是賽雷夫先生。

而且，他打招呼的順序很正確。一開始稱呼國王，接著叫我的名字。不愧是王宮料理長。

「該不會是優奈閣下帶新的料理來了吧？」

賽雷夫先生眼神閃閃發亮，用孩子般的表情這麼問道。

「我今天來是有事情想拜託賽雷夫先生。」

「有事情想拜託我？」

「賽雷夫，我要指派你和優奈一起前往錫林城。」

聽到國王突然這麼說，賽雷夫先生很驚訝。

「錫林城嗎？可是，為什麼呢？」

「那裡的法蓮格侖家要舉辦派對，但廚師因為受傷，沒辦法做菜了。因此，優奈希望你能去幫忙。」

「優奈閣下啊。」

賽雷夫先生的視線從國王轉到我身上。

「可以拜託你嗎？我認識的人之中，只有賽雷夫先生會做派對料理。」

「國王陛下允許的話，我當然願意幫忙，請問可以嗎？」

賽雷夫先生看著國王。

「我和你都受過優奈的照顧，你就接受優奈的請求吧。」

「是。優奈閣下，請讓我負責做料理。」

「謝謝你，賽雷夫先生。」

「不，您總是請我吃美味的料理，甚至告訴我食譜。我本來就希望總有一天能回報您，請不要放在心上。」

我順利取得了賽雷夫先生的同意。

繼續在這裡談事情會妨礙到其他廚師，所以我們決定到別的地方討論細節。

賽雷夫先生離開廚房之前對看似副料理長的人下了各種指示。下完指示後，我們移動到隔壁的房間。

「那麼，請問那是什麼派對？人數有多少？會有什麼樣的賓客前來？派對是什麼時候要舉行呢？」

我在自己知道的範圍內向賽雷夫先生說明。

「兩天後是嗎？那樣不會來不及嗎？」

「我會請賽雷夫先生騎我的熊召喚獸過去。騎馬會來不及，可是騎我的熊召喚獸就一定來得及。」

「您願意讓我騎您的熊嗎？」

我想應該來得及。

「我明白了。可是，時間還是很緊迫吧？似乎沒有時間在錫林挑選和購買食材了。」

「錫林也不見得有賽雷夫先生想要的食材，要先在王都買好再出發嗎？」

考慮到沙爾巴德家的手段，食材有可能湊不齊，也有可能遭到妨礙。既然這樣，先在王都購買再帶過去比較好。

「那麼做也會花到多餘的時間呢。國王陛下，請問您可以允許屬下帶走王宮的食材嗎？」

「嗯，可以。不過，記得報告數量。」

「是。」

「食材的帳先算到我頭上。我會再跟葛蘭先生拿。」

「妳不必在意那種小事。」

「不行啦，這種事要算清楚才行。」

人家都說免費的最貴。

「知道了。我晚點會把帳單交給優奈。」

不過，要付錢的是葛蘭先生就是了。

「另外，國王陛下，您可以允許屬下使用道具袋嗎？因為分量多，我擁有的道具袋實在沒辦法全部裝完。」

「沒關係，我的道具袋裝得下。」

「真的嗎？」

「嗯，那點東西還裝得下。」

「那麼，現在就前往倉庫備齊食材吧。」

「好了，我再不回去就要挨罵了。接下來的事情交給你了，賽雷夫。」

「是，屬下明白了。」

「謝謝你喔。」

我最後向國王道謝。

「再帶好吃的東西來就夠了。」

國王離去，而我們前往倉庫。聽說倉庫的位置就在廚房旁邊。也對，不在附近就太不方便了。

走進倉庫就能感覺到冷氣。

「那麼我來將食材裝箱，可以麻煩您嗎？」

「好喔，盡量裝吧。要是不夠就糟糕了，請多裝一點。」

我這麼說完後，賽雷夫先生把食材一一裝箱。箱子裝滿後，由我收到熊熊箱裡。

我們反覆進行同樣的步驟。

「優奈閣下，這次很謝謝您。」

「……什麼？」

我不懂他為什麼要向我道謝，要道謝的人應該是我才對。

「自從當上王宮料理長之後，我就不曾出過遠門，所以其實我很期待。但我並不討厭自己現在的職位。工作很有樂趣，受到國王陛下信賴也是很光榮的事，這讓我很開心。我還遇見了優奈閣下所做的料理，因此心懷感激。」

「希望我沒有給你添麻煩。」

「不，我不那麼想。而且，我現在參與的店也很有意思。雖然忙碌，卻是寶貴的經驗。」

「對了，那家店怎麼樣了？」

「那家店嗎？詳細情形要問艾蕾羅拉大人才會知道，但我指導的廚師不管去哪裡都不會丟臉。只不過，因為菜單遲遲無法決定，有點傷腦筋。」

「這樣啊。」

「是的。可是，思考這些問題也很有趣。」

幸好他很開心。

不過，他這麼忙，我還給他添了麻煩。雖然賽雷夫先生似乎很感謝我。

為了答謝賽雷夫先生，下次我一定要帶新的料理來拜訪他。

192 熊熊與王宮料理長一起出發

賽雷夫先生準備的食材全都收到熊熊箱裡了。雖然分量相當多，但總比到了錫林城才因為材料不夠而手忙腳亂好。而且就算分量多，重量也不會增加。

「最後可以再去酒窖一趟嗎？我想派對會需要酒。」

酒啊，派對的確會需要。我對貴族派對的了解只有透過故事的認知。現在回想起來，貴族好像的確會用玻璃杯喝葡萄酒。

來到酒窖的我把賽雷夫先生指定的酒一一收進熊熊箱。

嗯～因為我不喝酒，所以看不懂酒的好壞。就算喝了，我也不一定懂就是了。

「這些就是全部了嗎？」

收起指定的最後一瓶酒就結束了。

「接下來要回到我的廚房，帶調味料走。」

我們回到廚房，賽雷夫先生開始收拾調味料。這裡有各式各樣的調味料呢。其中或許也有我想要的調味料。有機會的話，或許可以請他讓我看看。

「優奈閣下，準備完成了。」

「那我想要馬上出發，可以嗎？」

我想應該來得及，但我有點在意菲娜她們的情況，盡量早點出發比較好。

「好的，隨時都可以出發。」

「沒有忘記什麼吧？不能再回來拿喔。」

雖然有熊熊傳送門，但帶著賽雷夫先生一起使用會讓我很猶豫。

「沒有了。不，請等一下。」

說完後，賽雷夫先生往廚房深處小跑步過去。

「我忘記帶菜刀了。雖然用那裡的菜刀也可以，但還是使用習慣的工具最好。」

這樣一來，似乎就沒有忘記帶的東西了。

只不過，賽雷夫先生還穿著廚師的服裝。因為不能就這麼離開，所以我們決定先換衣服再出發。

準備完畢後的我們正要離開城堡，這才發現有馬車接送我們到王都外。聽說幫忙準備馬車的人是艾蕾羅拉小姐。

能注意到這種小細節，艾蕾羅拉小姐真厲害。要從城堡前往王都外，用走的會花很多時間，搭乘公共馬車又會引人注目。主要是因為我的關係。

我們感謝艾蕾羅拉小姐，搭馬車前往大門。可以節省時間很令人感激。

來到王都外，我召喚出熊緩和熊急。

「喔喔，從手中出現了！」

賽雷夫先生很感動。

「而且好大。」

賽雷夫先生好像只有看過牠們變成小熊的樣子？

「那麼優奈閣下，您要讓我騎乘哪一隻熊呢？」

賽雷夫先生很高興地交互看著熊緩和熊急。

「賽雷夫先生，你不會怕呢。」

「我以前就看過小熊了，而且也有看過芙蘿拉公主開心地和熊一起玩的樣子，所以不覺得可怕。」

「可是，那個時候是小熊，這次卻很大耶。」

「的確如此，不過表情等地方都是一樣的，看起來並不可怕。」

他這麼說讓我很高興。因為要是被害怕自己的人騎在背上，熊緩和熊急就太可憐了。

「那賽雷夫先生，可以請你騎熊急嗎？」

「我記得熊急閣下是白色的對吧？」

賽雷夫先生站到熊急的面前。

「熊急閣下，我或許有點重，不過拜託你了。」

賽雷夫先生對熊急低下頭打招呼。熊急對他點點頭，轉了半圈後坐下來，方便賽雷夫先生騎乘。

「熊急閣下，謝謝你。」

說完後，體型豐滿的賽雷夫先生騎到熊急的背上。確認賽雷夫先生坐上來之後，熊急緩緩地站了起來。熊急好像不覺得重，很輕鬆地站了起來。

嗯，就算賽雷夫先生有點胖，對熊急來說也沒有多重。

我也跳到了熊緩的背上。

「那麼，我們出發吧。一開始會慢慢前進，之後再漸漸加快速度喔。」

「還請手下留情。」

我們朝錫林城出發。載著我們的熊緩和熊急用慢跑的速度在道路上跑著。

「這樣比騎馬更舒適呢。」

「賽雷夫先生，你會騎馬嗎？」

雖然這麼說很失禮，但他看起來不太像會騎馬。

「我平常不會騎馬。在王宮任職的人，有可能會在戰亂時需要騎馬，所以有義務具備最低限度的騎乘能力……雖然我的技術並不好。」

他的最後一句說得很小聲，我卻確實聽見了。可是他說戰亂時，意思是身為廚師的賽雷夫先生也要上戰場嗎？

「不過，我今後恐怕也沒有機會騎馬吧。」

我的確沒有聽說最近可能爆發戰爭的傳聞。如果要說有機會，應該就是派兵去遠方狩獵魔物之類的吧？就算是那樣，我也不覺得賽雷夫先生會從軍。如果賽雷夫先生要參加，代表王室也會參加。所以真的只是為了因應不時之需，他才會練習最基礎的騎馬技巧吧。

我在賽雷夫先生漸漸習慣之後加快速度，趕路前往錫林城。

幾小時後，我們暫時停下來，讓熊緩和熊急休息。就算是召喚獸，我也不會讓牠們不眠不休地奔跑。

「話說回來，熊急閣下坐起來真舒適。跟騎馬比起來，我或許比較有騎熊的才能呢。」

不，坐起來舒適、不容易疲勞是託了熊急的福啦。

休息結束後，賽雷夫先生往熊急走去。我阻止了賽雷夫先生。

「賽雷夫先生，這次可以請你換騎熊緩嗎？」

休息結束的賽雷夫先生正要靠過去騎到熊急背上的瞬間，我看到熊急露出悲傷的表情。牠絕對不是討厭賽雷夫先生，只是想要載我而已。

「熊緩閣下嗎？是沒關係，可是為什麼呢？」

「我如果一直只騎乘或是陪伴其中一隻熊，另一隻熊就會鬧彆扭，所以我會輪流騎。」

我向賽雷夫先生解釋換乘的理由。

「原來如此，那這次我換騎熊緩閣下就可以了吧。」

賽雷夫先生馬上就理解了，走向熊緩用同樣的方式打招呼。

「熊緩閣下，請多多關照。」

熊緩叫了一聲「咿～」回應他。我走向熊急，熊急高興地朝我靠過來。我先摸了摸熊急的頭再坐到牠的背上，然後出發。

我們沒有遇到魔物，很順利地前進。就算有魔物出現，低級的魔物也追不上熊緩和熊急的速度。熊緩和熊急繼續加速。

我換乘熊急後過了幾小時，太陽下山，周圍開始暗了下來。靠熊緩和熊急也能繼續趕路，但我不打算勉強。

派對是兩天後舉辦，所以只要明天中午抵達，再開始事前準備就來得及。

我呼喚賽雷夫先生，說要在這附近露營。賽雷夫先生從熊緩背上下來，摸摸牠並向牠道謝。

「熊緩閣下，謝謝你。」

熊緩叫了一聲回應他。我從熊熊箱裡拿出木柴來生火，然後在旁邊放了兩張椅子。我並沒有使用熊熊屋。

「好了，我馬上開始準備晚餐。」

「那麼請讓我……」

賽雷夫先生想要幫忙，但我的食物不需要烹調。我拿出了莫琳小姐做的麵包和安絲煮的湯。

「看來沒有我的出場機會呢。」

「賽雷夫先生到了城裡就要努力工作了。」

「我會努力回應您的期待。」

接過麵包和湯的賽雷夫先生津津有味地吃了起來。

「這些麵包和湯是優奈閣下做的嗎？」

「不是喔。這些是在克里莫尼亞的餐廳賣的麵包和湯。」

「兩者都很好吃，真是了不起。」

「我會跟廚師說王宮料理長很稱讚她們的料理。」

我半開玩笑地這麼說。

「我並不是在說客套話喔。真的很好吃。廚師的基礎非常紮實，所以才能做得這麼美味。」

賽雷夫先生咬一口麵包，再喝一口湯。

「希望下次有機會可以去克里莫尼亞看看。」

「雖然不是我的城市，不過我隨時歡迎你。」

「到時候就麻煩您照顧了。」

吃完飯後，因為沒什麼事情可做，我開始幫熊緩和熊急梳毛。看到我這麼做，賽雷夫先生向我搭話：

「話說回來，就算載過我，熊緩閣下和熊急閣下似乎都不覺得累呢。」

賽雷夫先生笑著搓搓自己的圓肚子。

「賽雷夫先生是不是有點吃太多了？」

聽說廚師經常要試吃，所以會變胖。

「這可真是忠言逆耳。可是，試吃部下們做的料理也是身為料理長的職責。我得仔細品嚐，指出料理的缺點才行。」

「你不是叫他們自己看著學，而是仔細地教他們啊。」

「的確也有些廚師是那樣教人的，但我不認同。而且能進王宮工作的廚師都已經有基礎了，所以只要教一次，就能學到一定程度。」

說得也是。在王宮中做菜的廚師，就算是新人應該也必須有一定程度的技術。

「優奈閣下是在哪裡學到那些料理的呢？」

這是個難以回答的問題。

我沒有跟別人學過，幾乎都是自學，透過網路或書籍取得知識。所以，我並沒有老師。可是就算如此，我也不能這麼說。

「不好意思，不方便回答的話也沒有關係。我只是覺得優奈閣下做的很多料理都很不可思議……」

或許是介意陷入沉默的我，賽雷夫先生低頭道歉。

「不是的。只是因為我沒有跟別人學過做料理，所以在想該怎麼回答。」

「這麼說來，那些料理是優奈閣下想出來的嗎？」

我搖搖頭。

「那些都是我遙遠故鄉的料理，所以我只是知道做法而已。」

「優奈閣下的故鄉嗎？」

「嗯，所以不是我想出來的。」

「原來如此啊。世界真是廣大呢。」

嗯，我也覺得很廣大。我從來不知道有異世界存在，世界真的很廣大。

「真希望總有一天能去優奈閣下的故鄉看看。」

我沒辦法回應賽雷夫先生這句無心的話。

我們之間瀰漫起一股沉默。

賽雷夫先生似乎察覺到了什麼，沒有繼續問下去。

「要不要睡覺了？」

「也對。可是，守夜的事該怎麼辦呢？雖然不值得自豪，我這個人不太能熬夜。」

的確不是值得自豪的事呢。

「不用擔心，有熊緩和熊急在。要是有危險，牠們會馬上告訴我的。」

我看著身邊的熊緩和熊急。

「是嗎？原來熊緩閣下和熊急閣下還能看守啊。」

「所以我們可以安心睡覺。順帶一提，你要是攻擊我，熊緩牠們就會攻擊你喔。」

我帶著笑容這麼告誡。

「那真是可怕。我還不想死，所以不會做那種事的。最重要的是我不想被優奈閣下厭惡，也不想被熊緩閣下和熊急閣下厭惡。」

賽雷夫先生笑著用毛毯包裹身體，躺了下來。我被熊緩和熊急包圍著，進入了夢鄉。

193 熊熊帶著王宮料理長回來

一大早，被熊緩和熊急環抱著的我睡得正舒服時，朝陽照射到我的眼睛。

已經早上了啊。早早就寢的我很容易就清醒了。

「早安，你們兩個。」

我對熊緩和熊急打招呼後站起身，伸了個懶腰。雖然熊緩和熊急形成的床鋪也不錯，但還是想在被窩裡好好睡一覺。或許是因為聽到我對熊緩牠們道早安的聲音，裹著毛毯睡覺的賽雷夫先生也醒了。

「優奈閣下，早安。」

「早安。那麼，我們吃完早餐就出發吧。」

「我明白了。」

和晚餐一樣，我們簡單吃過早餐後馬上出發。

我們沒有遇到魔物或盜賊，很順利地前進。

「賽雷夫先生，你還好嗎？會不會累？」

「我沒問題。以前騎馬的時候，腰部等地方會覺得痛，但熊緩閣下牠們騎起來很舒適，我不覺得累。」

既然這樣，繼續前進應該沒問題。克里夫還在等著，於是我拜託熊緩和熊急加快速度。

多虧熊緩和熊急的努力，才剛過中午不久，我們就看到錫林城的外牆了。

嗯～雖然很想繼續前進，但是要跟衛兵解釋召喚獸的事情太麻煩了。

「賽雷夫先生，我想從這裡開始用走的，可以嗎？」

「咦，要從這裡走過去嗎？」

「要跟衛兵說明召喚獸的事情會很麻煩，所以來到城市附近的時候我會下來用走的。」

「喔，原來如此，我明白了。這正好是運動的好機會。」

賽雷夫先生搓了搓自己的肚子。

我覺得只是走點路應該不會瘦。而且，距離也不長。每天走的話，這樣的距離或許剛好。可是只走一天簡直是杯水車薪。

不過說到運動，我也沒有資格講別人。我曾有幾次以脫掉布偶裝的狀態做運動，卻因為太缺乏體力而一下就累癱，最後放棄運動。運動如果沒有長期持續，就無法增強體力，也不會變瘦。

我召回熊緩和熊急後，和賽雷夫先生一起徒步往城市走去。

「妳是上次的熊？」

被問東問西太麻煩了，所以我把公會卡放到水晶板上，迅速進入城市。

「這裡就是錫林城啊。」

賽雷夫先生左顧右盼。

「你沒有來過錫林城嗎？」

「我是在王都出生的，幾乎沒有離開過，一直在王都學習做料理。」

沒有鑽研料理那麼久，就沒辦法當上王宮料理長吧。

這對沒辦法專注在一件事上的我來說做不到。我會不斷嘗試各種事物，最後搞得自己應付不來。就算開始做，後來也會因為嫌麻煩，半途而廢。我就是典型的三分鐘熱度。

以這一點來說，這個世界的居民有很多人都能專注在同一個領域上。

不過，對料理太有興趣也很傷腦筋。賽雷夫先生一看到哪裡有在賣吃的，就會想往那家店走過去。

「賽雷夫先生，等派對結束再去吧。」

「可是……」

「沒有『可是』。明天就要舉辦派對了，快點走吧。」

「嗚嗚。」

我帶著賽雷夫先生往葛蘭先生的宅邸前進。

我還擔心會不會再遇到蘭道爾，但沒有遇到他，順利地抵達了葛蘭先生的宅邸。

門口的衛兵看到我後露出驚訝的表情。

「我可以進去嗎？」

「是，葛蘭大人吩咐過我。您可以和客人一起進入。」

衛兵似乎已經接到聯絡，沒有懷疑賽雷夫先生，讓他走進宅邸內。

「優奈大人！」

我一走進宅邸，梅森小姐跑了過來。

「我回來了，可以去見葛蘭先生和克里夫嗎？」

「是，老爺吩咐我，等您一到就馬上請您過去。」

我們跟著梅森小姐，來到跟上次一樣的房間與克里夫和葛蘭先生見面。

「葛蘭大人，優奈大人回來了。」

「優奈？」

「回來了嗎！」

葛蘭先生和克里夫對我的出現感到驚訝。

而且，房間裡還有一個我不認識的人。是誰呢？

「我才剛回來。那個，請問那個人是？」

我不知道能不能提到關於賽雷夫先生的事，所以這麼問道。

「他是我兒子李奧納多。有點膽小，不過他是我兒子。」

「老爸，說我膽小是多餘的。抱歉，太晚打招呼了。我是米莎娜的父親，李奧納多。這次我女兒和父親受妳照顧了，謝謝妳。呃～熊小姐？」

「優奈。」

「對喔，不好意思。我女兒和老爸都用熊來代稱妳，而且妳真的穿著熊造型的服裝出現。」

李奧納多先生道歉。原來他就是米莎的爸爸。

可是，就跟葛蘭先生說的一樣，他是個看起來瘦弱又膽小的人，令人懷疑他是否真的是貴族。

「那麼優奈，廚師在哪裡？」

克里夫用認真的表情問我。

既然是葛蘭先生的兒子，把賽雷夫先生介紹給他也沒關係吧。

「我帶他來了。」

我說完後，一直等待著出場時機的賽雷夫先生走進房間。

「我是這次承蒙優奈閣下的委託，前來為葛蘭大人烹調派對料理的廚師，名叫賽雷夫。」

賽雷夫先生行了一禮。

「賽雷夫……不好意思，我們有在哪裡見過面嗎？我似乎有在別的地方見過賽雷夫閣下，或許是年紀大了，就是想不起來。」

「優奈……妳認識的廚師是……」

葛蘭先生一看到賽雷夫先生就用手抵著下巴，陷入沉思。克里夫看到賽雷夫先生之後，用傻眼的表情看著我。李奧納多先生則目瞪口呆，嘴巴開開闔闔。

「克里夫知道賽雷夫閣下是誰嗎？」

「葛蘭老爺，現在痴呆還太早了，他也是你見過的人。李奧好像已經發現了。」

「見過？我的確覺得很眼熟，但想不起來。賽雷夫閣下，如果我們見過面，我很抱歉。」

葛蘭先生這麼道歉。

看來克里夫和李奧納多先生知道賽雷夫先生是誰。

「不，請別放在心上。像這樣面對面談話，這應該是第一次。」

「是嗎？」

「我是在王宮擔任料理長的廚師，名叫賽雷夫。在國王陛下舉辦的派對上，您應該見過我。」

「王宮料理長？」

聽到賽雷夫先生重新自我介紹，葛蘭先生驚訝地睜大了眼睛。克里夫和李奧納多先生都露出「果然如此」的表情。

「優奈，妳認識的廚師就是賽雷夫閣下嗎？」

「嗯，我認識的一流廚師就只有賽雷夫先生。」

「能被優奈閣下稱為一流，真是光榮。」

賽雷夫先生露出害羞的神情。

葛蘭先生知道賽雷夫先生的真實身分後，趕緊請他坐下。我們接受他的好意，坐到椅子上。

「那麼，你真的願意幫我們做料理嗎？」

「我接受了優奈閣下的請託，而且國王陛下也吩咐我幫助優奈閣下。」

「國王陛下……」

一提到國王，房間裡瀰漫起一陣沉默。葛蘭先生父子非常驚訝，克里夫卻一臉傻眼。

「妳是怎麼把王宮料理長帶過來的？」

「嗯？我只是用普通的方式拜託人家而已。」

「普通人可沒辦法拜託國王，我也從來沒聽說過王宮料理長幫其他貴族的派對做料理。」

「這也是有人望才辦得到的事呢。」

「我說妳啊。」

克里夫傻眼地嘆了一口氣。

「國王陛下親自來拜託我時，我的確很驚訝。這也就代表陛下有多麼信賴優奈閣下吧。」

「啊，可是這次的事情會當作是克里夫拜託艾蕾羅拉小姐做的事。」

我把國王說的話轉告給克里夫。

「這下子我要找時間去王都向國王陛下道謝了。」

「為什麼？」

「既然是透過艾蕾羅拉請賽雷夫閣下過來，當然要道謝了。」

「那只是表面的說法啦。派遣賽雷夫先生好像需要理由。」

「所以我非去不可。」

「在那之前還要先寄申請謁見的書信才行呢。」

葛蘭先生輕輕嘆了一口氣。

貴族要交際應酬，還要顧及人前人後，真麻煩。我一個人自言自語時似乎被克里夫聽到了。

「一般來說要謁見國王，本來不可能馬上見到。好幾天前就要先寄信，約好時間。所以，不正常的是妳。我們這樣才是一般的做法。」

克里夫這麼說，可是我哪知道啊。

每次我去見芙蘿拉大人，國王就會擅自跑來房間。這次我也只是拜託艾蕾羅拉小姐就見到面了。這麼想想，這樣果然很奇怪嗎？

克里夫露出很疲憊的表情，葛蘭先生則露出困擾的表情，而李奧納多先生到現在還在驚訝。這也就代表賽雷夫先生有多麼厲害吧。

「那你們三個人聚集在這裡做什麼？」

「優奈，我們正在討論妳來不及回來時的替代方案。」

「結論是？」

「什麼都沒決定，沒有廚師可以代為掌廚。就算有廚師，實力也不夠。我們無計可施了。」

「因為還要考慮賓客方便的時間，所以不能延期。我們也考慮過只供應酒的派對作為最後手段。」

「也有小孩子會參加吧。」

「小孩子可以喝果汁。」

光是想像那種派對，就覺得氣氛熱絡不起來。如果是吃完料理後就算了，從頭到尾都只喝飲料，再怎麼樣也行不通吧。

「可是，多虧賽雷夫閣下前來，我們終於能放下肩上的重擔了。」

「請向優奈閣下道謝吧。因為優奈閣下對我有恩，我只是想要盡量報答她而已。」

「小姑娘，這次很感謝妳帶賽雷夫閣下前來。這次是我們第二次受到妳的幫助了。」

葛蘭先生把手放在桌子上，對我低頭行禮。

「不用放在心上啦。如果這場派對辦不成，米莎的生日派對也辦不成了吧。我這麼做只是為了米莎。而且如果米莎的派對取消，有人會比我更傷心。」

不想看到那三個女孩難過是驅使我行動的最大理由。

「那麼，賽雷夫閣下。派對是明天舉辦，請問來得及嗎？」

「食材已經從王都帶來了，現在開始備料就來得及。」

賽雷夫先生說出令人安心的答案，真是太可靠了。

「非常感謝你，萬事拜託了。」

說到食材，我想起一件事。

「喔，對了。關於食材，我會再把帳單交給葛蘭先生，因為國王先把帳算在我這裡了。」

「來自國王陛下的帳單……」

「嗯，所以拜託你們處理了喔。」

葛蘭先生和李奧納多先生聽了我的話，啞口無言。

「這下子得盡快請國王陛下過目了。」

葛蘭先生說完後，克里夫深深地點了頭。

194 熊熊和賽雷夫先生一起前往廚房

介紹完賽雷夫先生後，賽雷夫先生詢問參加派對的人數和賓客的身分。

參加派對的人數大約五十人，主要是幾名附近的貴族、城裡的商人、有力人士占多數。

確認完參加人數的賽雷夫先生馬上向葛蘭先生表示要開始備料。明天就要舉辦派對了，要快點做好事前準備才行。

賽雷夫先生跟著梅森小姐前往廚房。因為我帶著食材，所以也跟了過去。

「這裡就是廚房，請自由使用。我去請人來協助賽雷夫大人，請稍等一下。」

梅森小姐帶我們到廚房後，馬上離開了。

協助烹調是賽雷夫先生提出的要求。因為要製作大量料理，需要請人幫忙做搬運、清洗食材等各種雜務。葛蘭先生詢問人數，賽雷夫先生說需要三個人。

聽起來好像很少，不過主要的料理是由他一個人做。所以，有人在旁協助似乎就很足夠了。

「那麼優奈閣下，麻煩您了。」

「放在這裡可以嗎？如果要收到冷藏庫，我可以拿過去。」

放在這裡可能要多跑一趟。

「因為要進行事前備料，放這裡就可以了。我會判斷哪些是馬上要用到的東西，哪些是暫時不會用到的東西。」

賽雷夫先生拜託我把食材拿出來後，確認起調理器具。我把從王都帶來的一箱一箱食材放到廚房的角落。我從熊熊箱裡把所有食材都拿出來時，門口傳來一陣吵雜聲。

「波滋先生，你得好好靜養才行啊。」

「閃開！葛蘭大人把工作交給我了。我跟葛蘭大人約定好了。」

「可是你的手……」

「我不能把工作交給來路不明的廚師。」

「新來的廚師沒有問題，他是葛蘭大人認可的人選。」

「這一點由我來確認，把門打開！」

門外的聲音傳到我們耳裡。

看來這座宅邸的料理長動怒了，他似乎沒有聽到完整的說明。我正在思考該怎麼辦時，賽雷夫先生往門口走去。

「賽雷夫先生？」

「廚師被搶走工作當然會生氣了，我來跟他談談。」

賽雷夫先生打開門後，梅森小姐和一個包著繃帶的男人走進了廚房。

「你就是受託的廚師嗎……」

走進廚房的男人一看到賽雷夫先生就安靜了下來。

「……賽雷夫嗎？」

「……你是波滋嗎？」

「為什麼你會在這裡？」

他們似乎認識彼此。

賽雷夫先生是王宮料理長，所以就算別人知道他是誰也不奇怪。可是賽雷夫先生似乎也認識對方。

「那還用問，因為我就是你正要抱怨的對象，要替葛蘭大人做派對料理的廚師啊。」

「咦，你嗎？可是，我記得你不是去王宮當料理長了？」

「我現在也是王宮的料理長。這次我是受這位優奈閣下所託，來這裡代替手受傷的廚師做派對料理的。」

名叫波滋的男人轉頭看著我，然後說了一句：

「熊？」

「她是優奈閣下。而且，優奈閣下對我有恩，所以我才會接下為這次派對做料理的工作。」

「熊對你有恩？你要做料理？」

波滋先生的頭上冒出問號，他似乎搞不清楚狀況。

「賽雷夫先生，你認識葛蘭先生的廚師嗎？」

「是的。在我進王宮之前，我們曾在同一家餐廳工作過。」

「當時賽雷夫是副料理長，我在他的手下工作。」

波滋先生補充說明。奇怪，副料理長不是波滋先生嗎？

雖然我記得不是很清楚。

「可是，我過了一陣子後被當時的王宮料理長相中，後來就進王宮的廚房工作了。」

原來如此，有這段事情經過啊。

「可是，我聽說波滋當上了副料理長，為什麼會來到這裡？」

喔，波滋先生果然當過副料理長。

「我和料理長吵了一架，被開除了。」

「吵架？」

「那傢伙會把自己的失誤怪到其他廚師頭上，做一些騷擾別人的事，還會毆打其他廚師。我看他不爽，跟他吵了一架，就被開除了。」

「我記得默魯格料理長不是會做那種事的人啊。」

「他年紀到了，就退休了，現在的料理長是個叫伯爾薩克的男人。他是在你離開餐廳之後進來的。雖然手藝確實不錯，個性卻很惡劣。」

「所以你跟他吵架，就離開餐廳了？」

「因為我只是副料理長，所以一直忍著，最後忍無可忍，不小心就……」

「不小心……」

「而且伯爾薩克那混蛋還對公會施壓，害我沒辦法繼續在王都工作。」

想起當時的情況，波滋先生露出煩躁的神情。

「因為這件事，大家都說我是個會毆打上司的廚師，沒辦法在王都繼續工作了。」

「你沒有否認嗎？」

「當然有。可是，料理長和副料理長的地位還是有差，有很多人站在他那一邊。雖然令人不爽，他的手藝和口才的確很好。我這個人就是不會說話。」

「所以你才來到這裡嗎？」

「是啊，在王都混不下去的我自暴自棄地泡在酒吧裡時，被葛蘭大人收留了。」

葛蘭先生去酒吧……雖然很有他的風格，但那應該不是貴族會去的地方吧。

「所以為了向葛蘭大人報恩，我一定要讓這場派對圓滿成功。」

波滋先生看著自己的手，他的手上包著厚厚的繃帶。

「那麼你的傷還好嗎？」

賽雷夫先生一臉擔心地看著波滋先生那雙包著繃帶的手。

「是啊，雖然暫時不能做菜，但沒什麼大礙。」

「能聽到你這麼說，真是太好了。」

賽雷夫先生露出微笑，波滋先生也跟著笑了。

「一點也不好。想報恩時卻派不上用場，我真是不爭氣。」

「可是，波滋先生是被攻擊了吧。」

我插嘴說道。受傷並不是波滋先生的責任。

「我的確是被攻擊了，但是考慮到法蓮格侖家和沙爾巴德家的狀況，我也不應該毫無危機感地走在人煙稀少的地方。葛蘭大人還叮嚀我外出時要小心，都怪我太不注意了。」

「波滋，我沒有聽說詳細情形，攻擊你的歹徒是沙爾巴德家的人嗎？」

「我沒有證據。只不過考量到兩家的狀況和我被集中攻擊雙手的情形，應該就是。當然了，也有可能是我在完全無關的地方遭人怨恨吧。」

他笑著回答。雖然受傷了，幸好他還很有精神。

「我了解了。波滋，請你放心。我會連你的心意一起努力製作這次的派對料理。」

「賽雷夫……」

「我的能力還不足嗎？」

「不，我可以放心交給你。」

波滋先生搖搖頭。

「好的，包在我身上。」

賽雷夫先生對波滋先生勾起微笑。

「話說回來，才一陣子沒見，你怎麼又變胖了？」

波滋先生笑著看了看賽雷夫先生的肚子，賽雷夫先生也笑笑帶過。

「賽雷夫，我好久沒有看你做菜了，可以讓我觀摩一下嗎？」

「我們以前也會看彼此做料理，較量手藝呢。」

「真懷念……」

「那麼，就讓我來做出不辜負你期待的料理吧。」

賽雷夫先生開始準備做料理。雖然受傷了，波滋先生卻很高興地在一旁看著。另外還有三個傭人協助賽雷夫先生。為了不要妨礙他們，我靜靜地離開了廚房。

回到房間的我見到了菲娜等三個女孩。

「我回來了。沒發生什麼事吧？」

「有！」

諾雅舉手說道。她看起來好像有點生氣。

「咦，該不會是那個笨蛋貴族對妳們做了什麼吧！」

「不是的，是我們一早起來，優奈小姐就不見了。我們早上來找優奈小姐和菲娜，只看到菲娜一個人很寂寞的樣子。問她發生什麼事了，她說優奈小姐受父親大人所託，要去找廚師過來。」

看來她似乎是在氣我不告而別。

「抱歉瞞著妳們離開，因為時間很趕。」

「我知道這不是優奈小姐的錯，我只是覺得很寂寞而已。」

諾雅有點難為情地這麼說。我摸摸諾雅的頭。

「對了，優奈小姐，妳帶廚師過來了嗎？」

「我帶了一流的廚師過來。他好像也認識波滋先生。」

「認識波滋先生？」

米莎對波滋先生的名字有反應。

「聽說他們有在王都的餐廳一起工作過。」

世界還真小。

「我記得爺爺大人曾說過，他以前是在一家有大老鷹石像的餐廳工作。」

「如果是那家以老鷹為標誌的餐廳，我也知道。那是王都很有名的餐廳，我只去過一次。」

據她們兩人所說，那家餐廳在王都似乎很有名，好像還有不預約就吃不到的餐點。原來他們兩位廚師以前都是在那麼知名的餐廳工作。那麼說來，賽雷夫先生果然很有實力，也難怪葛蘭先生會認同波滋先生的料理。下次去吃吃看也不錯。就算料理長的個性很差，聽說手藝也很好。可是，那種一流餐廳會接受穿著布偶裝的人入內用餐嗎？我試著想像，卻只能想到自己被拒於門外的樣子。果然還是算了吧，沒必要特地製造心理創傷。

「對了，妳們這段時間在做什麼？」

「什麼都沒有做。」

諾雅這麼說，另外兩個人也點點頭。

「因為波滋先生被打傷，派對不知道能不能順利舉行，優奈小姐又去找廚師，父親大人還禁止我們三個人單獨外出，所以我們只能乖乖待在房間裡。」

「抱歉。」

外出的確很危險，所以我記得自己也有叫菲娜不要出門。

雖然還不知道攻擊波滋先生的犯人是不是跟沙爾巴德家有關的人，但確實有危險。可是，一直悶在房間裡到明天也很可憐。我開始思考有什麼事可以打發時間後，想到一個點子。

「既然這樣，我們也來做派對上要吃的料理吧。」

「派對料理嗎？」

「嗯，雖然我不會做普通的料理，可是做布丁應該不錯吧？布丁做起來很簡單，在國王陛下的晚宴推出時也掀起了一陣話題。」

只要用鮮奶油和水果裝飾，布丁也能做得很有質感。國王舉辦晚宴時，我一個人做了兩百個以上的布丁，四個人做的話就更快了。

「所以不要悶在房間裡無所事事，大家一起做布丁怎麼樣？」

心情不好的時候不要什麼都不做。做些開心的事，轉換心情會比較好。

「我要做！」

「好，我想做。」

「我也要做。」

三個女孩很有精神地舉手說道。

我帶著高高興興的三個女孩從剛才經過的路往回走，前往廚房。

195 熊熊和三個女孩一起做布丁

「那個箱子請放到冷藏庫裡。另一個箱子裡面的東西會用到，請拿來這裡……」

我帶著三個女孩回到廚房時，賽雷夫先生正在指示助手分類我拿來的食材。

波滋先生坐在稍遠的椅子上，看著賽雷夫先生工作的樣子。

我正打算開口請賽雷夫先生允許我們使用廚房時，波滋先生注意到我們。

「剛才的熊和米莎娜大人？」

波滋先生一出聲，賽雷夫先生就發現了我。

「優奈閣下？有什麼事嗎？」

賽雷夫先生停下手邊的工作，這麼問道。

「賽雷夫先生，我們不會打擾你的，可以讓我們使用廚房的角落嗎？」

「不行。」

「沒問題。」

波滋先生和賽雷夫先生同時回答。我明明是問賽雷夫先生，為什麼連波滋先生也回答了？

「那樣會妨礙到賽雷夫，不行。」

波滋先生又說了一次。

「波滋，我並不介意。優奈閣下想做些什麼嗎？」

「因為這些孩子很無聊，所以我想跟她們一起做布丁。如果賽雷夫先生允許的話，我想要在明天的派對拿出來招待客人。」

「當然不行了。」

「喔喔，真是個好主意。」

兩人又同時說話，可是回應正好相反。

「賽雷夫，你在說什麼啊！這場派對很重要，怎麼可以用那種熊做的料理來招待賓客。」

「波滋，沒問題的。優奈閣下的料理也曾出現在國王陛下的誕辰晚宴上呢。」

「……你是在開玩笑吧？這種熊做的料理出現在國王陛下的誕辰晚宴？」

「而且評價比我做的料理還要好，甚至在派對上掀起一陣騷動呢。」

「賽雷夫，你是在捉弄我嗎？」

「不，我沒有在捉弄你，這都是真的。她的手藝連國王陛下都認可。」

就算賽雷夫先生這麼說，波滋先生似乎還是難以置信。

不過我也沒參加那場派對，所以也難以置信就是了。

「優奈閣下是優秀的冒險者、優秀的商人，也是個優秀的廚師。」

希望他不要口口聲聲地說什麼優秀優秀的，這裡還有孩子，會相信他說的話。我轉頭看看三

個女孩，她們都用閃閃發亮的眼神看著我。我才不是那麼厲害的人呢，我只是個隨處可見，穿著熊熊布偶裝的普通女孩。我在心裡這麼說，可是穿著熊熊布偶裝的女孩根本不能說是隨處可見。這麼一想，波滋先生會懷疑我也無可厚非。

我的外表是個穿著熊熊布偶裝的女孩，看起來一點也不像是廚師。更別說是冒險者了，也不像商人。我的腦中浮現「職業：熊」的文字。我發誓，絕對不要讓別人知道我在公會卡上寫的職業。

可是，繼續被用懷疑的眼光看待，做布丁的時候也會很麻煩。請他吃一個應該比較好吧？

「這就是布丁，請你吃吃看。」

我從熊熊箱裡拿出一個布丁，放在桌子上。我這裡有大量的庫存。其實我已經有充足的量可以在派對上供應，可是，難得要舉辦派對，大家一起做才能表達送禮的心意。

「這就是布丁嗎？」

波滋先生靠過來，想要伸出手，卻發現自己沒辦法那麼做。我都忘了，他的手受了傷。看到這個情形的一位女僕走了過來。

「波滋料理長，我能為您服務嗎？」

「抱歉，拜託妳了。」

女僕用湯匙舀起一口布丁，送到波滋先生口中。她的動作很熟練。看剛才的互動，她可能是負責照顧受傷的波滋先生用餐的人吧？

「……這是什麼？」

「波滋，很好吃吧。國王陛下和王妃殿下也都很喜歡這種食物。」

女僕又餵波滋先生吃了一口。

「真好吃，這真的是那隻熊做的嗎？」

他的眼神從懷疑變成看到奇人異士的目光……怪了，好像沒什麼改變？

「波滋料理長，真的很好吃嗎？」

一名女僕問道。聽到人家說好吃，一般人都會想吃吃看吧。請人家吃波滋先生吃剩的布丁太可憐了，所以我也拿出新的布丁招待來當助手的女僕們。

「可以嗎？」

「嗯。所以，麻煩妳們好好協助賽雷夫先生了。」

「當然。」

三位女僕開始吃起布丁。

「非常美味呢。」

「是啊，我第一次吃到這麼好吃的食物。」

布丁也受到女僕們的好評，太好了。

「優奈小姐很厲害！除了布丁以外，她還會做其他好吃的食物喔！」

諾雅抬頭挺胸，神情得意地說道，菲娜和米莎也贊同這番話。我是很高興她們這麼稱讚我，但是拜託不要讓別人對我有過大的期待。

吃了布丁的波滋先生雖然不情願，還是答應讓我們使用廚房。

「既然賽雷夫都允許了，我也不反對。可是，絕對不可以妨礙到賽雷夫。」

「我知道。既然得到許可了，我們開始做吧。」

「「「好。」」」

三個女孩精神奕奕地回應。為了不要妨礙到別人，我們馬上移動到角落。

我從熊熊箱裡取出約五十顆蛋。多做一點不會有壞處，多出來的布丁可以收到熊熊箱裡，也可以分送給在葛蘭先生這裡工作的人，另外還能拿到米莎的生日派對上招待賓客。

「那麼，菲娜負責打蛋，諾雅和米莎就幫忙攪散菲娜打的蛋吧。」

菲娜用熟練的動作打蛋，諾雅和米莎則輕柔地攪拌蛋液。

「喂，賽雷夫，她竟然有那麼多蛋。」

「當然有了。我聽說優奈閣下有飼養生產蛋的咕咕鳥，一天可以取得幾百顆蛋。」

「幾百顆？」

蛋可以用來做布丁、蛋糕、鬆餅等料理。光是店裡，一天就會消耗掉幾百顆蛋。而且，現在咕咕鳥的數量還在持續增加。

波滋先生一臉不敢相信地看著菲娜打蛋的樣子。

「而且，那種小孩子竟然把蛋……」

對波滋先生來說，蛋應該是高級食材吧。

我對堤露米娜小姐說過如果想吃蛋，可以把家人的份一起帶回去。現在孤兒院的孩子也會吃蛋，蛋已經變成親民的食材了。

我很懷念一開始連打蛋都戰戰兢兢的菲娜。而且因為手會發抖，她失敗了好幾次，也道歉了好幾次。想起她那個時候的樣子，讓我不禁嘴角上揚。

現在她發出叩、喀啦、叩、喀啦的聲音，用輕快的節奏一個一個打蛋。嗯，妳成長了呢，菲娜。

「優奈姊姊，妳為什麼要微笑？」

「我剛才有笑嗎？」

「有啊，有點像媽媽和爸爸偶爾會露出的笑容。」

我可以理解堤露米娜小姐和根茲先生的心情。這就是看著自己女兒成長的感覺。

「優奈小姐，我也想要試試看打蛋！」

「我、我也想試。」

「好啊。菲娜，妳來教她們吧。失敗也沒關係，可是要注意蛋殼喔。」

「好的。」

諾雅和米莎高興地開始打蛋。

蛋總共有五十顆。只要抓到訣竅，應該很快就可以學會了。

「賽雷夫先生，如果有需要用到蛋請跟我說。我這裡還有庫存。」

「那真是幫了我大忙。雖然王宮裡也有，但我實在無法帶過來。」

「那我會放一些在冰箱裡，拿去用吧。」

我把裝了蛋的盒子放進大型冰箱裡。

有了這些應該夠了吧？

「喂喂喂，真的假的？竟然有這麼多。」

我假裝沒有聽見波滋先生說的話。

「賽雷夫，那個熊姑娘到底是什麼來頭？」

「波滋，要是對優奈閣下的一舉一動都那麼驚訝，可就沒有空做菜了。廚師如果否定未知的事物，就不會進步了。」

「那隻熊是何方神聖？」

「國王陛下禁止我對優奈閣下問東問西。所以如果你要發問，請作好賭命的覺悟。我是不會救你的喔。」

「你在說什麼啊？」

「如果優奈閣下在國王陛下面前說你的壞話，你的首級可就不保了。」

賽雷夫先生笑著輕敲脖子。我才不會做那種事呢，如果有人來煩我，我會揍人就是了。

「……你是在開玩笑吧？」

「開玩笑的。可是，只要是為了優奈閣下，國王陛下確實會盡全力幫忙。」

波滋先生驚訝地看著我。

「我出現在這裡就是證據。你覺得一般人見得到國王陛下嗎？一般人提出借用我這個王宮料理長的要求，你覺得國王陛下會立即答應，派我到這裡來嗎？甚至允許我帶城堡的食材來？這次是因為優奈閣下希望，我才會出現在這裡。再說，普通人不可能見到國王陛下。」

聽到賽雷夫先生這番話，波滋先生嚥下一口口水。

咦，我的地位有那麼高嗎？

國王確實有欠我幾次人情，像是一萬隻魔物、食物和繪本等等。可是這些人情都沒什麼大不了的，我只是藉由這次的請求讓國王還我人情而已。

「所以，我給你一個忠告，建議你不要做出優奈閣下討厭的事。」

「……知道了，我什麼都不會問，我也還不想死。」

正如波滋先生所言，他後來雖然會露出好奇的表情，卻什麼都沒有再多問。得以避免麻煩事的我在心中感謝賽雷夫先生或國王。

波滋先生靜靜地看著賽雷夫先生備料的樣子。他有時候也會看向我們，因為他沒有特別多說什麼，所以製作布丁的過程很順利。

「接下來只要放到冰箱裡冷藏就完成了。」

可是，沒有空的冰箱了。

我不得已，只好拿出備用的熊造型冰箱，把布丁放進去。

咦，為什麼是熊造型？因為熊熊屋的冰箱也是熊的造型啊。

「真令人期待，好想快點吃到喔。」

「這些是派對用的布丁喔。」

「我知道。」

「大家一起參加派對的時候，菲娜再一起吃吧。」

「好的！」

「優奈小姐，妳真的不參加嗎？」

「不參加。因為我來這裡是為了參加米莎的派對嘛。」

「菲娜呢？」

聽到諾雅這麼問，菲娜搖了搖頭。

菲娜連參加米莎的派對都那麼排斥了，參加貴族和有錢人會來的派對也不可能開心，甚至有可能讓她的胃開出一個大洞。

而且如果菲娜去參加，很有可能連我也得參加。我不能讓菲娜出席，諾雅和米莎露出遺憾的表情，這次就請她們忍一忍吧。

這一天夜深人靜時，沒有人發現有一隻熊爬到了屋頂上。

我只是去把熊熊傳送門拆掉而已啦。

195 熊熊和三個女孩一起做布丁

196 克里夫參加派對

多虧優奈，廚師已經找到了。

而且，她帶來的人是王宮料理長。那隻熊到底在想什麼？如果是王宮裡的廚師，我可以勉強理解，但她帶來的人卻是地位最高的料理長。一般來說這是不可能的。

她出發的日子是三天前的晚上。雖然我不知道她的熊召喚獸跑得有多快，抵達王都後也要立即拜見國王陛下才有可能。就算有艾蕾羅拉幫忙牽線，正常來講，國王陛下也不可能馬上許可。她沒有事前聯絡就見到了國王陛下，請求借用料理長，又馬上得到了許可，甚至從王宮購入食材，簡直是無微不至。到底要怎麼做才能讓國王陛下准許這種事？太難以理解了。

熊一行動，就能讓事態好轉，卻同時也會招來麻煩。我會感謝她，卻又無法全面感謝她就是因為如此吧。不過，既然她打算帶王宮料理長過來，我希望她至少跟我商量一下。葛蘭老爺也和我一樣苦惱。我們應該去王都一趟，向國王陛下當面道謝才行。這下子得先向艾蕾羅拉詢問詳細情形了。

考慮今後的事情讓我感到頭痛，但優奈確實帶了一個最好的廚師過來。現在的當務之急是思考該如何活用這個機會，關鍵在於能透過這次的派對拉攏多少賓客加入我們。

葛蘭老爺和李奧納多一直在遊說商人們，情況卻不太樂觀。從城市現在的狀態來看，這也無可奈何。任何人都不想站在勢力微弱的一方。可是，過去曾受葛蘭老爺幫助的人並不在少數。舉辦派對時，我們必須展示我們的能力，盡量多拉攏一些人才行。希望能多吸引一些中立派加入我們的陣營。

我提早進入會場，等待出席者到來。派對的主角終究是葛蘭老爺等人，這次我會專心做好輔佐法蓮格侖家的工作。

我移動到看得見整體會場的位置。開場時間到後，賓客漸漸聚集起來。鄰近的貴族和商人等城市的有力人士們都來了。我看著入口，發現有個貌似蟾蜍的男人走了進來。他就是賈裘德・沙爾巴德，是這座城市的另一名領主，也是葛蘭老爺的政敵。

賈裘德的身旁還有向優奈她們挑釁的兒子。光是聽說他向我女兒等人挑釁的事情，就讓我湧起揍人的衝動。賈裘德的家庭只有兩個人。據說他的妻子已經在幾年前去世了。

賈裘德一進入會場，馬上就有人靠近他。他們應該是站在賈裘德那一邊的商人吧，每個人都諂媚地對他鞠躬哈腰。

那種毫不掩飾地追隨賈裘德的傻子並不可怕，最可怕的是被看似夥伴的人背叛。那種人會把我方的情報洩漏給賈裘德，也會讓我們能依靠的夥伴數量減少。一開始這麼想，就讓我變得疑神疑鬼。我只能祈禱那種人並不存在。

當然了，也有很多人來向葛蘭老爺打招呼，但目前都只是受邀參加派對的基本禮儀。勝負的關鍵是派對開始之後。葛蘭老爺正在和客人談笑風生的時候，賈袞德向葛蘭老爺走了過來。

「我在此恭賀老爺喜迎五十大壽。」

賈袞德帶著卑劣的笑容打招呼。

誰知道他的笑容背後在打著什麼算盤。

「謝謝，歡迎蒞臨。我們準備了佳餚，盡情享受派對吧。」

「我很期待曾在王都的知名餐廳，擔任副料理長的廚師所烹調的菜色。」

雖然兩人彼此寒暄，我卻能看到葛蘭老爺的手緊緊地握起拳頭。我能理解他的心情，但我們不能在這裡和對方吵起來。我們沒有證據能證明打傷波滋的人和賈袞德有關係。因為是在鮮少有人行經的地點遇襲，連目擊證人都找不到。就算可疑，我們還是暫時無法控訴對方。現在只能忍耐了，葛蘭老爺應該覺得很不甘心吧。

到了派對即將開始的時間，葛蘭老爺的兒子李奧納多在他耳邊說了些什麼。

「發生什麼事了嗎？」

我很在意，於是這麼問道。

「有幾位賓客沒有來，而且還是對我抱持友好態度的人。」

「他們曾答應要出席。」

「是賈袞德搞的鬼嗎？」

「不知道，現在沒有時間了。」

他們可能是受到威脅，也有可能是受傷了。只有對葛蘭老爺抱持友好態度的人沒來參加是事實。可是，現在沒有時間思考沒出席的人的事了。派對開始的時間到了。

葛蘭老爺帶著李奧納多對派對的賓客說幾句話。

「這次非常感謝各位貴賓抽空參加我的生日派對。」

葛蘭老爺開始向賓客打招呼，在會場中發表簡單的謝詞。

「我們準備了料理，請各位慢用。」

葛蘭老爺和李奧納多說完話後，料理端了進來。因為派對是採自助餐的形式，所以並不會發給一人一份料理。女僕將料理擺放在會場中央的桌上。不愧是王宮料理長，餐點的外觀和氣味都令人食指大動。一名女僕端了飲料過來，我拿起杯子。料理端進會場，樂團開始演奏音樂後，賓客們開始愉快地聊天。

有人向熟人打招呼，有人向葛蘭老爺打招呼，有人向沙爾巴德家打招呼。

也有人向我打招呼。

「這位不是克里夫閣下嗎？好久不見了。」

「自從國王誕辰以來就沒再見面了呢。」

對方是鄰近的貴族。和我打過招呼後，他接著去見其他對象。他站在中立的立場，對法蓮格倫家和沙爾巴德家都保持著一點距離。能夠拉攏他當然很好，但恐怕很困難。這一點對沙爾巴德家來說也一樣。既然不會為金錢行動，這樣的人反而值得信任。

我往葛蘭老爺的方向看去，李奧納多和夫人正在一一與賓客寒暄。

雖然表面看似氣氛融洽，實際上可不一定。葛蘭老爺和李奧納多的交涉能力將受到考驗。

我能做的事頂多只有證明佛許羅賽家與法蓮格侖家站在同一陣線，讓葛蘭老爺的交涉過程更有利。

雖然不知道我的名字在這裡有多少影響力，但有總比沒有好吧。

大致上都打完招呼後，我看看女兒，發現她正在和米莎娜融洽地吃著料理。

我交代諾雅待在米莎娜身邊。沙爾巴德的笨蛋兒子可能會靠近她們，這麼做總比讓米莎娜落單好。賈裘德的兒子帶著其他三個小孩子，津津有味地吃著料理。我原以為賈裘德的兒子會來找麻煩，目前看來是我杞人憂天了。

其實我希望優奈能陪著她們，但她拒絕參加派對。好吧，她用那副打扮參加，反而比較可能被糾纏。話說回來，她曾把那身熊服裝脫掉嗎？

她的熊形象已經根深蒂固，我實在沒辦法想像她作出熊服裝以外的打扮。

雖然兒子很安分，身為父親的賈裘德卻受到相當多人簇擁。人數比我想像中還要多。照這個情況看來，中立派可能也會向沙爾巴德家靠攏。

因為有這種可能，所以我建議葛蘭老爺不要讓沙爾巴德家出席，但他說邀請函已經送出了。如果他早點和我商量就好了。

「不論感情如何，我們都是同一座城市的領主。不邀請他說不過去。」

葛蘭老爺這麼說。可是，只要隨便找個理由不讓他們參加就行了。例如舉辦只邀請親友的小派對，方法多得是。

「我都邀請附近的貴族和你了，沒有理由不邀請沙爾巴德家啊。」

雖然我能理解葛蘭老爺想說什麼，但還是無法接受。一旦失敗，勢力結構會在這場派對上成定局。過去是中立派的人恐怕也會透過這場派對判斷加入哪一方比較有利可圖。

派對已經開始了，對已經邀請的事情有怨言也沒有意義，我們只能反過來證明也有很多人願意支持法蓮格侖家。

派對進行到一半，開始有新的料理端進來時。

「我再也無法忍受了，這些料理是怎麼回事！」

我望向聲音傳來的方向，發現是賈裘德正在怒吼。

「法蓮格侖家竟然在派對上供應這麼難吃的料理！」

因為賈裘德大吼，會場變得鴉雀無聲。他剛才明明還吃得津津有味，真虧他說得出口。可是，繼續讓賈裘德說下去確實不太妙。

「我準備的料理不合你的胃口嗎？」

葛蘭老爺對賈袞德說道。

「是啊，一點也不好吃。我聽說你的廚師在王都的知名餐廳擔任過副料理長，沒想到這麼令人失望。還是說，這些料理是另一名廚師做的？」

賈袞德露出卑劣的笑容。

光是看到他那種噁心的笑容，就看得出他知道我們的廚師因為受傷，所以無法做菜的事。雖然沒有證據，但我確定攻擊廚師的人就是賈袞德。

「這些料理確實是其他廚師做的，但那位廚師的手藝並不輸給波滋。」

「喔，其他廚師啊。所以才會這麼難吃吧。」

賈袞德喝了一口湯，露出難以下嚥的表情。

「確實不好吃呢。」

「是啊，調味簡直是二流。不，是三流廚師吧。」

為了配合賈袞德，他身邊的跟班也開始挑料理的毛病。

雖然我很想說「你們剛才還吃得津津有味吧！」，但事情的發展就跟優奈預料得一模一樣，所以我一點也不氣憤。

派對開始之前，優奈說這是可能發生的狀況之一。

例如把垃圾或蟲子放到料理中再抱怨，或是說好吃的料理一點也不好吃等各種小手段，她對此給了我們一些建議。

我從來沒聽說過有人會在貴族的派對上做這種卑鄙的事。

可是，被優奈說中了。所以有方法能夠應對。

我望向門邊，看見賽雷夫閣下的身影。

可是，根據優奈所說，他不該用普通的方式登場，而是必須有一定程度的演技。聽到她這麼說的賽雷夫閣下說「好像很有意思呢」，爽快地答應了。後來優奈對賽雷夫閣下進行演技指導，她是在哪裡學到那些知識的？真是不可思議的熊。

「竟然讓手藝只有這點程度的廚師負責做派對料理，法蓮格侖家也真是沒落了呢。」

聽了這番話，有些人笑了出來。在遠處觀望的人不知道該如何是好，只是靜靜看著事情的發展。這個時候，在外頭待命的賽雷夫閣下走進了會場。

賽雷夫閣下臉上掛著笑容，我卻覺得他似乎很生氣，是我的錯覺嗎？

197 王宮料理長賽雷夫生氣了

我一如往常地在王都的廚房工作時，國王陛下和優奈閣下前來拜訪。真是稀奇的組合。而且竟然是來廚房，真是罕見。

我詢問原因，據說是因為錫林的領主要舉辦派對，希望我可以負責做料理。

本來我是不會幫其他貴族做料理的。可是這是優奈閣下的請求，國王陛下也准許了，所以我啟程前往錫林城。

一開始我以為會搭乘馬車移動，但因為沒有時間，所以優奈閣下說要騎乘她的熊召喚獸。召喚獸指的是優奈閣下那可愛的熊召喚獸，我看過牠們和芙蘿拉大人在一起的樣子。前幾天我也看過她和小熊玩耍的模樣。據說牠們可以變大，載著人移動。一想到可以騎在熊背上，我有點害怕又有點期待。

準備好派對需要的食材後，我們馬上出發了。

一離開王都，優奈閣下從手套上的熊嘴巴召喚出熊。

好龐大，這樣的確能夠輕鬆承載人類。熊的臉和與芙蘿拉大人相處在一起的小熊們一樣。我問自己可以騎乘哪一隻熊，優奈閣下回答白色的熊。

優奈閣下說黑熊名叫熊緩閣下，白熊則叫熊急閣下。

我對熊急閣下打招呼後，牠溫柔地叫了一聲，背對著我蹲下。

真是聰明的熊。

我騎到熊急閣下背上，就算載著體重偏重的我，牠也輕輕鬆鬆地站了起來。

聽從優奈閣下的指示，牠們緩緩開始移動。

喔喔，好快。雖然速度漸漸加快，但我的身體緊貼著熊急閣下，不會摔落。

每次休息的時候，優奈閣下說要換交換騎乘熊緩閣下和熊急閣下。我問為什麼，她說如果連續騎乘同一隻，另一隻熊就會鬧彆扭。的確，比起載著我這種大叔，牠們應該比較想載身為主人的優奈閣下吧。我表示理解，接著換乘熊緩閣下。

我們在途中露宿一晚，於隔天的中午抵達錫林城。好快，昨天的上午才出發，隔天剛過中午就抵達了。不愧是優奈閣下的召喚獸。

一抵達錫林，我去向主辦這次派對的葛蘭大人打招呼。

然後因為沒有時間了，我馬上借用廚房，開始進行事前準備。我在廚房工作時，這個家的廚師過來了。看來對方似乎很生氣。

廚房被不認識的廚師擅自使用，對方會生氣也是當然。

為了跟對方溝通，我打開了廚房的門。出現在門後的是熟悉的面孔。真令人懷念。這名廚師是我進入王宮前，曾和我在同一家餐廳工作的波滋，我沒想到這裡的料理長就是波滋。因為沒有時間念舊，我開始說明自己來到這裡的原由。

不只是我，波滋似乎也遇到了不少事。

既然國王陛下給了我這段時間，等派對結束，和波滋敘敘舊或許也不錯。

可是現在時間寶貴，我得先準備料理。

過了一陣子，優奈閣下表示想做布丁，我准許了。

波滋對此很生氣，但他不了解優奈閣下，會生氣或許也是理所當然。

聽說優奈閣下幫芙蘿拉大人準備了料理，所以我不需要做菜的時候，我一開始也很生氣。真是令人懷念的回憶。

備料結束後，我正要去向葛蘭大人報告，這時做完布丁的優奈閣下也說要報告布丁的事，所以我們一起前往葛蘭大人那裡。

我們來到辦公室時，葛蘭大人和克里夫大人正在討論關於明天派對的事。

「賽雷夫閣下，真的很感謝你。這樣一來，我們就能放心舉辦派對了。」

「不，這也是因為優奈閣下拜託我。請向優奈閣下道謝吧。」

「嗯?不用啦。不說這個了，明天的對策已經想好了嗎？」

優奈閣下似乎沒有充分理解身為城堡料理長的我出現在這裡的意義。不過，這也很像優奈閣下的作風。

「是啊，要優先跟誰談話……」

「不是啦。沙爾巴德家應該會有什麼動作吧？」

「那也沒辦法，已經有好幾個人向沙爾巴德家靠攏了，只能放棄那些人了吧。」

「呃，就說我不是那個意思啦。」

葛蘭大人好像聽不太懂，優奈閣下因此嘆了口氣。

「有動作？多虧賽雷夫閣下，料理已經沒問題了。他們還能做什麼？」

「像是在食物裡面放蟲子或髒東西，然後跑來抱怨之類的吧。」

「他們會做那種事嗎！」

「這是很普通的找碴手段吧？」

優奈閣下舉了相當誇張的例子。把蟲子或髒東西放進完成的料理中再投訴，對廚師來說是很惡劣的行為。就算關係再怎麼差，我也想相信他們不會做這種事。

「可是，因為他們有可能知道廚師換人了，所以會說東西很難吃吧？根據葛蘭先生所說，你們找的廚師不是都拒絕了嗎？」

「是沒錯，但我不覺得他們吃了身為王宮料理長的賽雷夫閣下做的菜，還會說那種話。」

「可是，對方又不知道做菜的人是身為王宮料理長的賽雷夫先生。」

「這麼說也對。」

後來，優奈閣下給了我們各種建議。雖然她說「這種找碴手段是常識吧」，但我根本沒聽過在料理中偷放髒東西或蟲子的常識。

可是，葛蘭大人和克里夫大人聽完優奈閣下說的話，都點點頭說或許有可能。

如果對方真的對料理做出這種事，身為廚師的我實在無法原諒。

「算了，如果對方說料理很難吃，請賽雷夫先生幫忙就沒問題了。」

優奈閣下說出這種話。我根本無法對付貴族。

我確實被授予了王宮料理長的地位，但我不是貴族，更不想要假借王室的權力狐假虎威。我這麼說後，優奈閣下說出了不同的想法。

「自己的料理被人家瞧不起，你應該感到生氣。因為這樣很對不起喜歡你的料理的人。當然了，如果料理真的不好吃那也沒辦法。可是賽雷夫先生是被很多人認可，才得到今天的地位吧？僱用你當王宮料理長的國王陛下和王妃殿下、芙蘿拉公主也都說你做的菜很好吃，這樣對那些人太失禮了。」

她這麼說。確實如此。這樣就像是讚賞我的料理很美味的國王陛下被當成味覺白痴一樣。如果我被否定，認同我的手藝而將料理長的寶座讓給我的前料理長、聽從我的指示學習做菜的廚師們也都會遭受否定。現在的我和過去的我並不同，我將優奈閣下所說的話刻記在心。

後來，我聆聽優奈閣下講解被他人找碴時的應對方式。

派對當天，我不斷地烹調料理。

目前我還沒有接到來自會場的消息。如果發生關於料理的糾紛，我會馬上趕往現場。看來優奈閣下的擔憂應該不會成真。

我對協助做菜的助手下達指示。雖然和王宮的廚房不同，沒什麼速度感，助手們的動作卻很確實。

派對進行到一半時，有人衝進廚房。

「賽雷夫大人，賈袞德大人對您的料理……給出了惡評。」

來通知我的女性用尷尬的表情說道。

沒想到事情真的被優奈閣下說中了。如果我沒有做好心理準備，或許會慌張地出面道歉。

「是嗎？我了解了。」

我簡短地說完後暫停做菜，前往會場。

我從門的縫隙往內窺視，發現葛蘭大人正在和一名男人爭論著。那個人就是沙爾巴德家的賈袞德大人吧。

我也聽到周圍的人說料理很難吃，調味是二流或三流等評論。就算知道是單純的找碴，聽起來還是讓人不舒服。現在的我能理解優奈閣下說那番話的意思。身為王宮料理長，為了認同我手藝的王室成員們，我應該感到憤怒。

我做了一次深呼吸，走進會場。

「打擾了。我是這次負責烹調料理的廚師，名叫賽雷夫。您對我做的料理如此不滿意嗎？」

優奈閣下要我演出生氣的樣子，但就算不演戲，我也會自然湧現出怒氣。我的聲調裡混合著怒火。

「這些料理就是你做的嗎！」

「是的，是我做的。」

「這麼難吃的料理，真虧你端得出來。」

賈袞德大人指著我做的料理大罵。

那是我從昨天開始花時間慢火熬煮的湯。費心烹煮的湯被評為難吃的東西，讓我感到憤怒。

我對破口大罵的賈袞德大人直接發問：

「請問是哪個部分味道不好呢？可以請您告訴我嗎？為了我侍奉的主人，我想以您的意見作為今後的參考。」

昨天優奈閣下說我的料理很美味，所以絕對不可以道歉。如果沒有聽優奈閣下那麼說，我或許已經道歉了。

「全部都很糟糕。你的主人也沒什麼了不起的嘛，竟然滿足於這種料理。僱用這種廚師的法蓮格倫家也沒落了啊。」

「是嗎？那麼，我就轉告我的主人——國王陛下吧。」

「……國王陛下？」

我的一句話讓賈裘德大人愣住，周圍也開始議論紛紛。

「對了。我才想說很眼熟，原來是擔任王宮料理長的賽雷夫閣下……」

看來現場有人知道我的身分。

由我負責做料理時，有時會在餐會的最後向賓客打招呼，所以他們可能是在當時見過我。

「王宮料理長……」

「是的，我是擔任王宮料理長的賽雷夫。可以請您告訴我料理的缺點嗎？因為我不能把難吃的料理端到總是讚賞我料理的國王陛下面前。」

「這……」

其實我不認同擅自利用王室權威的行為。可是如果我退縮，會有損王室成員的顏面。

「另外幾位客人也可以發表意見。請問哪部分是三流的味道呢？如果各位能不吝賜教，我會很感激。」

我用禮貌的口氣詢問賈裘德大人身旁的男性。

「不……」

「方才各位不是還大喊料理的味道不好嗎？只要告訴我詳細內容就行了，因為我不能端出難吃的料理招待國王陛下。」

雖然自己的料理被他人瞧不起讓我感到憤怒，但就算對方不知道，想到連我侍奉的主人——

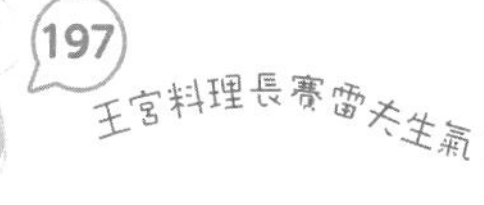

國王陛下也被他人瞧不起，就讓我感到愈來愈怒氣難消。

他們說謊只是為了陷害對手。一想到除了我以外的廚師也可能受到這種對待，我感到更加氣憤。如果料理真的不好吃，那就罷了。可是，美味的料理被說得一文不值，廚師可能會迷失前進的方向，走向錯誤的道路。他們並不知道這是多麼殘酷的事。

這些人是廚師的敵人。我瞪著說料理難吃的人們。

「不，那個……」

「我想把各位的意見當作今後的參考，拜託各位了。」

我用更銳利的眼神這麼問道。

「咳咳、咳咳。賽雷夫閣下，很抱歉。」

一名賓客乾咳後低頭道歉。

「其實我感冒，味覺好像變得有點遲鈍。」

「是嗎？」

「是的。因為這次葛蘭大人說有重要的事要商量，希望我務必參加，所以儘管有病在身，我還是出席了。對吧，葛蘭大人？」

客人看著葛蘭大人，尋求協助。

「是的，因為我有重要的事要談，所以才請他參加。」

「葛蘭大人，我的身體狀況不太好，可以提早開始談話嗎？」

「當然可以。」

客人對我低頭行禮後，往葛蘭大人的方向走去。

「請保重身體。」

就跟優奈閣下說的一樣。

她說如果我這麼問，對方就只剩下沉默不語、尋求葛蘭大人的協助、把錯怪到賈裘德大人頭上以規避責任這三個選項。

她還說如果對方往葛蘭大人那裡逃走，可以不必繼續追究。

也好，雖然我知道對方是在說謊，這次還是聽從優奈閣下的指示吧。其實我想要繼續質問對方，但促使他說難吃的人是賈裘德大人。

接著，其他客人也紛紛開始行動。

「賽雷夫閣下，其實我的身體狀況也不太好，吃不太出味道。我也是來找葛蘭大人商量要事的。在身體狀況變得更差之前，我可以先去和葛蘭大人談談嗎？」

「請務必保重身體。」

「謝謝你的關心。」

一個又一個客人離開現場。

我過去都不曾注意到，王宮料理長的名聲好像有很大的影響力。

我從小就鑽研美食烹飪，受到認可才有今天的地位。我從來沒有思考過關於自己的地位和影響力。我一路上都只專注於烹調美食，絕對不認為自己比貴族還要尊貴。只不過，我不能容許別人瞧不起認同我的人。王室成員們、品嚐我料理的人們都說我做的菜很好吃。另外，還有相信我是一流廚師的優奈閣下。所以，我不容許別人用謊言貶低我的料理。

我靠近賈裘德大人一步，其他的人乾咳著靜靜離開。

現場只剩下沙爾巴德家的賈裘德大人。

「賈裘德大人，可以請您告訴我料理的缺點在哪裡嗎？我想要當作今後的參考。」

「為、為什麼身為王宮料理長的賽雷夫閣下會出現在這裡呢？這次的事情，國王陛下也知道嗎？」

「關於我來到這裡的事，國王陛下當然也知道。可是，這次我會來是基於私人理由。這裡的廚師是我的老朋友。」

基於我的立場，我不能說這是國王陛下的指示。

「老朋友？」

「是的。葛蘭大人的廚師──波滋和我曾經一起在王都一家名為『鷹爪』的餐廳共事。」

「…………」

「另外，因為克里夫大人的夫人──艾蕾羅拉大人的請求，國王陛下給了我一段假期，因此我才能為這次的派對烹調料理。」

「廚師受傷之後才趕來這裡？那怎麼可能……時間上……」

「冒昧請問一下，您早就知道擔任廚師的波滋受傷的事嗎？」

「不，我不知道。我是剛才才從葛蘭閣下那裡聽說的。」

「這樣啊。如果您知道他遇襲的事，還知道有誰是目擊者的話，我還想請您告訴我呢。」

「我幫不上忙，不好意思。」

「不，畢竟他是在人煙稀少的地方遇襲。」

我一說出廚師遭人攻擊的事情，會場一片譁然。優奈閣下等人也說過，打傷波滋的人肯定是這位賈袞德大人。因為他早就知道廚師受傷的事了。

他們打傷了廚師最重要的雙手。雖然波滋說傷勢會痊癒，所以沒什麼大礙，但他暫時無法拿起菜刀。

「賽雷夫閣下，希望你不要誤會。我並不是真的認為不好吃，料理非常美味。」

「可是，我確實聽到您說料理不好吃。各位貴賓也聽到了吧？我並不是對賈袞德大人有什麼不滿。只不過，身為負責為這場派對烹飪的廚師，既然貴賓說料理不好吃，我就必須道歉。而我必須請教料理的缺點在哪裡。」

我筆直地看著賈袞德大人。可是，賈袞德大人只是欲言又止。

「賽雷夫閣下，不好意思。我的身體狀況好像也不太好。」

說完後，他望向在稍遠的位置跟別人談話的葛蘭大人。

「葛蘭閣下，我的身體不太舒服，想早點離開，可以嗎？」

「當然可以。抱歉在你身體不適時請你過來。我們彼此都是領主，請保重身體。」

「那麼賽雷夫閣下，我告辭了。」

賈裘德大人看似平靜地應對著，我卻能看到他心有不甘地緊咬下唇。不過，我也用普通的態度對應。

「下次請您在身體無恙時享用我的料理，並讓我聽聽您的感想。」

賈裘德大人呼喚看似他兒子的少年。少年沒有掩飾不甘心的神情，瞪著會場離去。

「不好意思，驚擾到各位貴賓了。雖然比預定時間早了一點，為了補償各位，我想請各位品嚐曾在國王陛下的誕辰派對中端出的布丁。接下來我也會繼續發揮手藝製作料理，敬請期待。」

優奈閣下把供應布丁的時機交給我決定。我原本打算晚一點再拿出來，但現在應該就是適當的時機。

我脫帽敬禮，會場響起許多的掌聲。

198 賈裘德感到憤怒

我給了波爾納德商會一大筆錢，讓商業公會換了會長。

作為回報，我們要向隸屬波爾納德商會的商人購買商品。我接受了所有條件，相對地，他們必須答應不賣商品給葛蘭經營的領地。我的計畫非常成功，物資漸漸從葛蘭經營的領地消失。而且，我的領地收入增加了。就這樣持續下去，這整座城市遲早會變成我的東西。

葛蘭那傢伙寄了派對的邀請函來。

呵呵，都到了現在這個地步，他似乎還是不肯放棄。我掌握了商業公會，也掌握了好幾名有力人士。現在才舉辦派對也太遲了。不過，我必須小心再小心。

我聽說他家的廚師曾經在王都的知名餐廳當過副料理長。想到這裡就讓我很不是滋味。可是如果那個廚師沒辦法做菜，會怎麼樣？我可以想像到葛蘭那傢伙驚慌失措的樣子。派對無法供應料理——光想就讓我忍不住笑意。

我馬上把擔任保鑣的布拉德叫過來，吩咐他把廚師打到無法做菜。

「不必殺掉對方嗎？」

「殺了人會讓他們有取消派對的藉口。只要攻擊廚師的手，讓他無法做菜就夠了。而且，最好選在派對快要舉辦的時候攻擊。那樣一來，他們就沒有時間找新的廚師了。」

「我明白了。」

布拉德退下。

布拉德是C級的冒險者。他在王都和其他冒險者打架的時候，我注意到了他。我親眼見到他持續毆打已經道歉求饒的對手。後來我調查了關於布拉德的事，得知他是個很有問題的冒險者。雖然他平常很安分，但一見到自己的血似乎就會失去理智。他會變得很凶暴，無法控制自己。因此即使他很有實力，也不屬於任何一支隊伍。我想要讓他在我身邊工作，一提出要求，他就馬上答應了。

我問他理由，他說自己厭倦了冒險者的工作，所以直到他厭倦為止，他都會待在我這裡。

布拉德是個好用的人才。只要下指示，他就會乖乖服從。雖然個性有問題，他卻是單獨升上C級的優秀冒險者。最近我叫他去攻擊會反抗我的商人，他也能在不被任何人發現的情況下完成任務。可以得到這麼優秀的棋子真是太幸運了。不需要時再滅口就行了。不管他再怎麼優秀，能殺死他的方法多得是。

派對開始的前幾天，布拉德來向我報告自己攻擊了廚師的雙手，讓他無法做菜的消息。這樣一來，葛蘭的御用廚師就派不上用場了。我笑個不停，光是想像葛蘭會怎麼行動就讓我忍不住想笑。

可是，距離派對開始還有幾天的時間。葛蘭應該會僱用其他廚師，但就時間上來說，要從其他城市帶廚師來是不可能的。如果要找廚師，一定會在這座城市裡找。

葛蘭那傢伙開始找人之前，我就安排人去威脅、收買了可能的廚師。

沒必要對所有的廚師這麼做。如果他們找上二流、三流的廚師，反而正合我意，要陷害他們的方法多得是。

一如預料，我聽說了葛蘭那傢伙正在找廚師的消息。那些廚師當然都拒絕了。葛蘭只能請二流或三流的廚師做菜了。

可是，從克里莫尼亞來的佛許羅賽家讓我放不下心。我派人監視葛蘭的宅邸，下令攻擊前往克里莫尼亞的人。

我的預測完全正確。似乎有人騎馬前往克里莫尼亞。不過，我也接獲手下用弓箭射中馬匹，讓那個人無法前往克里莫尼亞的消息。這樣就好，萬一殺死對方會把事情鬧大，只要讓他們無法做出派對料理就行了。

派對當天，我前往葛蘭的宅邸。這房子和我的房子差不多大。我總是在想，這城市的領主宅邸有一棟就夠了。老爸死時曾叫我和他們保持友好關係，但我無法理解為何要那麼做。其他領主或貴族總是嘲笑我們兩家共同治理一座城市的事。我要早點趕走他們，把這裡變成我的城市。

我進入派對會場時，現場已經聚集了不少人。我一入場就有許多商人靠了過來。這些傢伙只是向我獻媚的小人物，也是要在我手下做事的重要棋子。我隨便應付靠過來的人，走向葛蘭。這是他最後一次在這棟宅邸裡開派對，去跟他打聲招呼也無所謂。看到這傢伙溫和的表情就讓我差點笑出來。

愚蠢的濫好人。

雖然我的老爸也是個濫好人，葛蘭這傢伙也半斤八兩。什麼樣的人他都相信，所以才會這麼好對付。

我打完招呼後離開葛蘭身邊。這是為了確認有誰去和葛蘭說話，最棘手的應該是克里莫尼亞的領主——佛許羅賽家的克里夫吧。那座城市最近開始和密利拉鎮交流，勢力開始壯大起來。我已經命令商業公會，如果有商人前往克里莫尼亞，要蒐集情報給我。可是，我得到的淨是一些莫名其妙的情報。

例如隧道有熊石像、海邊城鎮密利拉有巨大的熊石像、熊開了一家店、熊是個冒險者、不能惹毛熊等奇怪的情報。

算了，等到這整座城市變成我的東西，再開始仔細調查克里莫尼亞也不遲。現在該注意的不是怪熊的情報，而是從克里莫尼亞過來的商人。事情好不容易進展得這麼順利，我不想被妨礙。

葛蘭發言完畢，料理開始端進會場。

我還在想會有多沒水準的料理出現，端上桌的料理看起來卻是色香味俱全。這座城市有廚師做得出這種等級的料理嗎？就算有，應該也被我掌控了。

難不成廚師的傷痊癒了？

不，我已經派部下調查過，廚師確實受傷了，不是能做菜的狀態。我不知道是報告有誤還是廚師已經可以做料理了。

料理的味道非常好。他們是從哪裡找來手藝這麼好的廚師？我一定要懲罰負責監視的人。

我原本認為他們端不出什麼了不起的料理，所以只要羞辱一下就行了。可是，端上桌的料理比想像中還要美味。

我得暫時觀望一下情況。

我享用料理，和他人寒暄。有很多人來向我攀談。

嗯，聰明人就知道站在哪一邊比較有利可圖。照現在的狀況來看，加入葛蘭那一方的人都是些笨蛋。我決定改天再深入討論今後的事，打完招呼後，我無意間看到有個男人在門邊窺視會場內。仔細一看，可以發現他的手上纏著繃帶。

他是報告中提到的紅髮男子——是葛蘭的廚師。他受傷了。這麼看來，這些料理果然是其他廚師做的。雖然我不知道對方是誰，但能做出如此美味的料理真是了不起。

那個廚師幫助葛蘭的事讓我不太高興，不過以後再僱用對方當我的廚師也不錯。可是，錯就錯在他今天是站在葛蘭那一邊。

因為確定了廚師不同，我開始破壞這場派對。我對周圍的人打了暗號。

「我再也無法忍受了，這些料理是怎麼回事！」

我一大喊，會場安靜下來。然後，和我事先說好的商人也贊同我說的話，貶低料理。騷動漸漸擴散開來。

葛蘭向我走來，但只要讓派對以失敗收場，他就完了。

我抱怨料理，說廚師不同後，葛蘭那傢伙竟然坦白承認料理是不同的廚師做的。這種事情就算說謊也要隱瞞到底吧。然後輪到我逼他叫廚師出來，連這點應對進退都不懂嗎？真是個無聊的男人。

我單方面抱怨時，穿著廚師服的男人走進會場。

嗯？雖然我覺得他看起來很眼熟，卻想不起來。或許是在某間餐廳見過他吧。

「打擾了。我是這次負責烹調料理的廚師，名叫賽雷夫。您對我做的料理如此不滿意嗎？」

廚師就是這傢伙嗎？就這樣毀掉這種人才很可惜。可是，我決定按照預定計畫進行。我原以為只要抱怨，廚師就會道歉，但這個男人非但沒有道歉，還詢問料理的缺點在哪裡。

一般來說就算是美食，只要貴族說難吃就是難吃。這個男人似乎搞不清楚自己是什麼立場，貴族和廚師的地位可是不同的。

「全部都很糟糕。你的主人也沒什麼了不起的嘛，竟然滿足於這種料理。僱用這種廚師的法蓮格侖家也沒落了啊。」

「是嗎？那麼我就轉告我的主人——國王陛下吧。」

「……國王陛下？」

這個男人剛才說什麼？他說國王陛下嗎？

男人的一句話讓會場稍微吵雜起來。然後，有人開口說道：

「對了。我才想說很眼熟，原來是擔任王宮料理長的賽雷夫閣下……」

「王宮料理長……」

我小聲地這麼說後，男人再次自我介紹。

「是的，我是擔任王宮料理長的賽雷夫。可以請您告訴我料理的缺點嗎？因為我不能把難吃的料理端到總是讚賞我料理的國王陛下面前。」

為什麼王宮料理長會出現在這裡？太奇怪了吧。這不可能。

我正在猶豫該怎麼回應時，王宮料理長開始向跟我一樣口出惡言的人詢問料理的問題。雖然他的表情沒有生氣，卻散發出不容質疑的氣勢。

「方才各位不是還大喊料理的味道不好嗎？只要告訴我詳細內容就行了，因為我不能端出難吃的料理招待國王陛下。」

剛才協助我的男人不知該如何是好，用眼神徵詢我的意見。

我不知道。我才想問該怎麼辦呢！

我避開男人的視線後，他開始咳嗽。

然後，他以味覺因為感冒，變得遲鈍的理由逃走了。不只如此，他還逃往葛蘭那裡。他竟敢背叛我。可是，現在的我沒有立場開口說話。

一個人逃走後，其他人也都假咳幾聲，逃往葛蘭那裡。

可惡，為什麼會演變成這種情況！

「為、為什麼身為王宮料理長的賽雷夫閣下會出現在這裡呢？這次的事情，國王陛下也知道嗎？」

要是國王陛下知道就糟了。他到底知道多少？

「關於我來到這裡的事，國王陛下當然也知道。可是，這次我會來是基於私人理由。這裡的廚師是我的老朋友。」

朋友——看來這並非國王陛下的指示。雖然這讓我鬆了一口氣，我說王宮料理長的料理不好吃的事實仍不會消失。

根據他接下來的說法，這件事似乎是佛許羅賽家的艾蕾羅拉在背後安排的。果然是佛許羅賽家啊。

可是，太奇怪了吧？這裡和王都的距離可不近。

就算聽說廚師受傷就馬上趕過來，也不可能來得及。

「廚師受傷之後才趕來這裡？那怎麼可能……時間上……」

「冒味請問一下，您早就知道擔任廚師的波滋受傷的事嗎？」

我的自言自語似乎被賽雷夫聽見了。

「不，我不知道。我是剛才才從葛蘭閣下那裡聽說的。」

可惡，糟糕了。我一定會被懷疑。

「這樣啊。如果您知道他遇襲的事，還知道有誰是目擊者的話，我還想請您告訴我呢。」

「我幫不上忙，不好意思。」

「不，畢竟他是在人煙稀少的地方遇襲。」

賽雷夫的「遇襲」發言讓會場掀起騷動。聽到我剛才說的話，應該會有人開始懷疑我。可惡，自從王宮料理長出現，一切都開始變調了。

眼前的這個人物讓我感到非常不甘心。就因為一個廚師，我的計畫都被打亂了。

「賽雷夫閣下，希望你不要誤會。我並不是真的認為不好吃，料理非常美味。」

「可是，我確實聽到您說料理不好吃。各位貴賓也聽到了吧？我並不是對賈裘德大人有什麼不滿。只不過，身為負責為這場派對烹飪的廚師，既然貴賓說料理不好吃，我就必須道歉。而我必須請教料理的缺點在哪裡。」

可惡，我也知道現在才說料理好吃也太遲了。我剛才為了讓周圍的人聽見，大聲說了料理很難吃。就算如此，我現在也不能堅稱料理不好吃。這麼說等於是否定國王的味覺，也等於是否定所有王室成員的味覺。

我應該做更多事前調查才對。他到底是怎麼來王都的？時間上根本不可能啊。

和逃往葛蘭那裡的男人一樣，我能做的事只剩下找藉口。

「賽雷夫閣下，不好意思。我的身體狀況好像也不太好。」

雖然不甘心，但也只能撤退了。我對葛蘭謝罪，帶著兒子離開。沒有任何人跟在我後頭。因為緊咬著下唇，血的味道在我口中擴散。

「老爸。」

兒子看著我，但我沒有現在沒有餘力管他。

「回去了。」

「老爸！」

「閉嘴。」

我叫吵鬧的兒子閉上嘴巴。

回到宅邸後走進房間裡，我把累積的憤恨全喊了出來。

「開什麼玩笑！王宮料理長！為什麼王宮料理長會出現！而且那些狗腿商人剛才明明還想討我歡心，竟然跑到葛蘭那一邊去！」

光是回想就讓我火冒三丈。他們竟敢忘了我讓他們嚐到甜頭的大恩大德。

話說回來，果然是佛許羅賽家的克里夫和艾蕾羅拉搞的鬼。竟敢妨礙我。要不是他們，一切早就成功了。一想到那個金髮男人的臉就讓我氣憤難平。

等我解決掉葛蘭，下一個就輪到你了。

「老爸！」

「蘭道爾，是你啊。」

「什麼是你啊。為什麼要撤退？他不就只是個廚師嗎？」

「他是王宮料理長，和普通的廚師不一樣。要是事情透過料理長傳到國王陛下的耳裡，沙爾巴德家的形象會變差。」

「就算是那樣，那種不敢回嘴的樣子一點也不像老爸。」

「蘭道爾，你給我考慮一下自己的立場。」

我兒子蘭道爾可能是因為沒有被人責罵過，以為任何事情都會順自己的意。貴族很了不起的確是我灌輸給他的觀念。可是，我沒想到他會笨到以為王宮料理長是普通的廚師。他根本不會區別可以對付和不能招惹的人。都要十四歲了，應該要懂這點小事吧。

「既然這樣，要放著他們不管嗎？」

「暫時靜觀其變吧。這次的事情改變了風向。可能有很多人跑去投靠葛蘭。」

「那樣的話，再威脅或是用錢收買不就好了嗎？」

「直到王宮料理長離開前，我們都不能行動。」

要是隨便鬧事，傳進國王的耳裡就糟糕了。現在不是行動的時機，機會要多少有多少。

我要兒子暫時不要引發問題，把他趕出了房間。

199 熊熊玩黑白棋

葛蘭先生的派對開始後，宅邸裡變得很熱鬧。為了招待客人，女僕和傭人們都很忙碌。就算想幫忙，對派對不甚了解的我和菲娜也無從幫起。而且要是我穿著布偶裝到會場附近，被客人發現的話一定會引起騷動。所以為了避免妨礙人家，我決定窩在房間裡。

「好無聊喔。」

「是啊，如果是在克里莫尼亞，我就可以做家事、幫忙孤兒院的工作，或是到莫琳小姐或安絲姊姊的店裡幫忙了。」

菲娜提到的事情全是工作。菲娜太勤奮了，偶爾也要學會玩樂才行。

「既然這樣，我們來玩遊戲吧。」

「遊戲嗎？」

我移動到床上，呼喚菲娜。這是因為桌子有點太大，不方便面對面玩遊戲。我叫菲娜坐在我面前，從熊熊箱裡取出畫了線的板子和兩個小盒子。

「這種遊戲叫黑白棋。」

我把其中一個小盒子交給菲娜。我把小盒子打開，菲娜也學我打開小盒子。盒子裡放著圓形的棋子。這些棋子和我原本世界所有的黑白棋有點不一樣，棋子不是普通的黑白素色棋，正反面都畫有黑熊和白熊的圖案。

「正反面都畫著熊熊的圖案，好可愛喔。」

菲娜反覆翻轉著圓形棋子，開心地說道。

「這要怎麼玩呢？」

「這是用棋子搶地盤的遊戲喔。菲娜想要用黑熊棋子還是白熊棋子？」

菲娜來回看了好幾次黑熊和白熊比較。

「我選不出來。黑熊是熊緩，白熊是熊急。我沒辦法只選一個。」

我也選不出來。棋子上的圖案不是熊緩和熊急，而是Q版的熊臉。可是就算是不同的熊，如果熊緩牠們知道我選了其中一方，另一方可能會鬧彆扭。所以我才讓菲娜來選，結果菲娜好像也不忍心。

「那我們輪流用好了。」

「好的。」

我一如往常地採用輪流制。平等很重要。

「那我來說明規則喔。首先，在棋格的中央像這樣擺上棋子。」

我將兩個黑熊棋子擺放在棋盤中央呈對角。

「菲娜也把白熊棋子擺成相同的樣子吧。」

面。

菲娜按照我的說法擺棋子。我開始示範，放上黑熊棋子，用黑熊棋子夾住一個白熊棋子並翻面。

「菲娜把白棋下在可以夾住黑棋的位置看看。」

「下在哪裡都可以嗎？」

「只要是在其他棋子旁邊，哪裡都可以。可是，要能夾住對手的棋子才行喔。」

菲娜把白熊棋子下在可以夾住黑棋的位置，然後把黑熊棋子翻過來。

「像這樣輪流下棋，最後顏色比較多的那一方就贏了。」

「我知道了。」

於是，打發時間的黑白棋大賽開始了。

其實我本來想做撲克牌，但還在摸索K、Q、J的圖案要怎麼畫。我有考慮以國王陛下作為K，以王妃殿下作為Q，J則用芙蘿拉大人。可是如果要在克里莫尼亞使用，採用跟我比較親近的克里夫、艾蕾羅拉小姐、諾雅當圖案或許也不錯。鬼牌用熊的圖案應該可以吧。

我和菲娜玩著黑白棋，有時吃昨天做的布丁，或是享用久違的披薩，在房間裡悠閒地度過。

到了派對差不多結束的時間，穿著漂亮禮服的諾雅和米莎來到房間。諾雅穿著紅色的禮服，和她的一頭金髮非常相襯。米莎穿著水藍色的禮服，和她的銀色頭髮也很搭。在米莎的生日派對上，菲娜也會穿上禮服吧。真期待看到菲娜穿禮服的樣子。

「妳們兩個都好可愛喔。」

「謝謝誇獎。」

「派對還好嗎？」

看她們兩人的笑容，派對似乎圓滿結束了。我還以為敵對貴族會來騷擾，我的預測沒有成真嗎？

「賽雷夫先生剛才很帥氣呢。」

諾雅和米莎說起在派對上發生的事。

那個貴族果然對料理大發怨詞，沒有放髒東西到菜裡還算他有良心。光是聽人家轉述就知道對方是很典型的笨蛋貴族。吃過賽雷夫先生的料理，真虧他好意思說難吃。就算不知道廚師的身分，別人也一定會懷疑他的味覺。

「蘭道爾和他父親因為賽雷夫先生而一起離開會場時，我好開心。」

米莎開心地說道。

蘭道爾……喔，是上次來向我們找碴的笨蛋吧。

也對，有那種人在，賓客也沒辦法享受派對吧。

父母的教育不同真的差很多。我看著三個女孩，希望她們可以繼續好好地成長。

「可是，他走出去的時候瞪著我們，我覺得有點可怕。」

「他的眼神看起來很不甘心。」

暫時還是小心為妙，那種類型的人會惱羞成怒。要是見到面，對方應該會來找麻煩。

後來，米莎和諾雅很開心地聊著沙爾巴德家離開後的派對。

「還有，我們做的布丁，大家都吃得津津有味呢。」

「可是大家都以為是賽雷夫先生做的，其實明明是我們做的。」

兩人有點不甘心。

「那也沒辦法。可是，大家不都吃得很盡興嗎？」

「嗯。每個人吃了之後都說很好吃喔。」

她們似乎很高興自己做的布丁大受好評。聽說賽雷夫先生的美味料理也得到了很好的評價。

雖然我不想參加派對，但我也希望下次可以吃吃看賽雷夫先生的派對料理。拜託他的話，不知道他是否願意做。

「如果優奈小姐和菲娜也來參加就好了。」

聽到諾雅這麼說，我和菲娜露出苦笑。

我才不想參加有一堆貴族和有力人士的派對呢。我很有可能會過於在意周遭的視線，根本沒心情吃飯。而且我也不知道派對的禮節。這一點，菲娜應該也一樣。最重要的是我沒辦法以熊的裝扮出席。

和諾雅她們聊一聊，我發現一件事。

我沒有問賽雷夫先生的既定行程。他必須馬上回王都嗎？米莎的派對會在兩天後舉行。要是他突然說明天就要回去，那就傷腦筋了，所以我打算去跟賽雷夫先生確認。

我去廚房尋找賽雷夫先生，但廚房裡只有女僕在收拾善後，沒有賽雷夫先生的身影。我問了忙著工作的女僕，她說賽雷夫先生被葛蘭先生叫過去了。

葛蘭先生叫他？

嗯～怎麼辦呢？他會在昨天克里夫和葛蘭先生所在的房間嗎？

「優奈大人，您來到這種地方有什麼事嗎？」

「梅森小姐？」

我回過頭，看見梅森小姐手上端著派對上用過的盤子等餐具。

「我有點事要找賽雷夫先生，可是他好像被葛蘭先生叫去了。」

「派對結束後，葛蘭大人有找賽雷夫大人攀談。我想，他們應該在前幾天我帶您前往的那個房間。」

得知賽雷夫先生的所在地後，我馬上出發。

「小姑娘，怎麼了？」

屋內有賽雷夫先生和葛蘭先生在，沒有看到克里夫。

「我想來問問賽雷夫先生接下來的安排。」

「我嗎？」

「嗯，你會急著趕回王都嗎？可以的話，我希望你待到米莎的生日派對結束為止。」

「另外還有米莎娜大人的生日派對嗎？」

「日期是兩天後。可以的話，希望你能等派對結束再回王都。」

「這樣啊，我沒有關係。因為已經取得國王陛下的許可，所以沒有問題。而且我也好久沒有見到波滋了，想要跟他聊一聊。」

「謝謝你。」

「既然如此，我也會負責做米莎娜大人的派對料理。」

「可以嗎？」

反問的人不是我，而是葛蘭先生。

「是，因為波滋應該也暫時無法做菜。請把料理當作是我贈送的禮物吧。」

「非常感謝你。」

葛蘭先生低頭道謝。

喔喔，我可以吃到賽雷夫先生的派對料理了。有點高興。

「我聽諾雅和米莎說過了，賽雷夫先生，你好像很出風頭呢。」

「我沒有出什麼風頭啦。因為對方說我的料理不好吃，我只是問了料理的缺點在哪裡而已。

這都是多虧有優奈閣下的建議。」

「我的建議？」

「就是承認自己的料理不好吃的話，會對認同自己手藝的人很失禮的那番話。」

我的確有說過。

「一想到這裡，我就覺得似乎連國王陛下和一起做料理的同事、讚賞我料理的賓客的味覺都被否定了，所以稍微有些動怒。」

賽雷夫先生笑著回答。

雖然我不想參加派對，但有點想看賽雷夫先生活躍的樣子。

「可是，幸好派對順利結束了。」

「這也是多虧小姑娘帶賽雷夫閣下過來，真的很感謝妳。」

「不會，因為那個笨蛋貴族的兒子惹毛我了嘛。」

「經過這次的事，他們應該也會安分一點吧。」

希望葛蘭先生可以趁這段時間處理這個問題。

向賽雷夫先生問完行程的我回到房間，看見三個女孩正在玩我拿出來的黑白棋。而且，諾雅和米莎都還穿著禮服。

妳們兩個先換衣服再玩吧。

200 熊熊與女性冒險者重逢

葛蘭先生的派對結束後隔天，葛蘭先生和克里夫帶著米莎來我的房間，鄭重向我道謝。

我昨天從諾雅和葛蘭先生那裡聽說，派對多虧有賽雷夫先生的活躍而成功落幕。似乎有很多商人和有力人士都來和葛蘭先生進行商談。

只不過，對話的內容大多是詢問葛蘭先生和賽雷夫先生的關係。

也對，正常來說王宮料理長出現後，在背地裡做壞事的商人和有力人士應該都會在意。要是跟國王有關，他們應該不會想跟葛蘭先生敵對。沒有人會傻到跟國王作對。

所以為了獲得情報，他們才會聚集過來。

賽雷夫先生被找來的緣由包括他和波滋先生是舊識在內，表面上是因為在王都工作的佛許羅賽夫人——艾蕾羅拉小姐委託他來。是我拜託賽雷夫先生的事情被隱瞞起來了。

要不然，如果他說自己是被熊帶來的，幾乎所有人都會不懂意思而一頭霧水吧。我也不想遇到麻煩，所以對這種說明沒有意見。

布丁的事似乎也在派對上掀起了熱烈的討論。據說賓客之中，也有人知道我在克里莫尼亞開的店。

聽說葛蘭先生被別人小聲地詢問「您跟熊認識嗎？」，而他也小聲地回答「是的，她是我孫女的朋友」。那個人好像很驚訝。我真想質問他為何驚訝。

而且，為什麼要小聲地說？

雖然總比大聲地說來得好。

「對了，優奈。我暫時得幫忙葛蘭老爺，諾雅就拜託妳了。如果她太任性，把她關進房間裡也沒關係。」

「我才不會任性呢。」

「既然這樣，妳遇到跟熊有關的事情也能忍耐吧？」

「這……」

諾雅語塞。

跟熊有關的任性是什麼？

「就這麼說定了。」

「父親大人好壞。」

諾雅稍微噘起嘴巴。接著，葛蘭先生也同樣把米莎交給我照顧。

「我確認一下，笨蛋貴族的事情已經沒問題了嗎？」

「這個嘛，他們應該會暫時安分一點吧。」

「賽雷夫閣下還在這裡的期間，沙爾巴德家也不敢輕舉妄動。萬一事情透過賽雷夫閣下傳進國王陛下耳裡，他們的形象會受損。」

這樣聽來，和身為貴族的克里夫及葛蘭先生所說的話比起來，賽雷夫先生所說的話好像還比較有分量。

「那我們可以走出家門嗎？我這次想要好好到街上逛逛。」

雖然我一個人去逛是沒什麼問題，可是既然我說要去逛街，小不點們的反應就只有一個。

「我也想去！」

諾雅率先發言。後來，米莎和菲娜也表示想一起去。

「都難得來到其他城市了。父親大人，你常說去其他城市到處參觀也可以學到東西吧？」

「是沒錯……」

克里夫看著女兒陷入沉思。然後，他轉頭看我。

「妳能保證不離開優奈身邊嗎？」

「我保證！」

「優奈，我女兒能拜託妳嗎？如果她擅自亂跑，麻煩妳把她帶回來。到時候我會把她關在房間裡。」

要我當護衛是沒關係，但尋找擅自亂跑的諾雅好像很麻煩。

「諾雅，妳要留在房間裡嗎？」

「優奈小姐，太過分了。我才不會擅自亂跑呢。」

「我知道了啦，絕對不可以離開我身邊喔。」

「爺爺大人。」

一看到我說要帶諾雅一起去，米莎也懇求葛蘭先生同意。

「妳可以像諾雅大小姐一樣遵守約定嗎？」

「可以！」

米莎也決定要一起去了。我也同意讓菲娜外出，於是我們一起出發去逛街。

我帶著三個女孩走出宅邸。上次遇到了礙事的人，希望今天可以悠閒地逛逛。如果三個女孩沒有跟過來，其實我打算去冒險者公會看看。可是，這次只好放棄了。雖然我不打算承接委託，但我本來想說如果有有趣的委託，下次可以來接接看。

如果不能去冒險者公會，我想去賣食材的店逛逛。如果有稀奇的蔬菜、肉類、水果，我想要買下來。我有時候會發現在原本的世界沒有見過的東西。有時是香辣的調味料，有時是甜甜的水果，這個世界有很多我不知道的東西。如果能找到那種食材，我想多少買一些。菲娜姑且不論，就算帶諾雅和米莎去那種地方，她們應該也不會開心吧。

「妳們有什麼想去的地方嗎？」

聽到我這麼問，三人看著彼此，猶豫了一下後開口說道：

「我去哪裡都好。」

「我也是。」

「……我想要再去逛一次攤販。」

米莎不好意思地說出自己的期望。

「……因為上次在攤販買的東西很好吃，我很少吃攤販賣的東西……」

「這樣啊。」

貴族女兒沒辦法擅自上街吧。

也有可能是因為那個笨蛋貴族的關係，所以會被禁止外出。

「妳們兩個覺得呢？」

「沒問題。」

「是。」

決定好目的地後，我們前往有攤販的廣場。

「諾雅會跟一般人一樣在攤販買東西吃嗎？」

「會啊，我以前常跟母親大人一起吃。」

艾蕾羅拉小姐的確有可能買攤販的東西來吃。

「我現在偶爾也會一個人去吃。雖然最近都不是去攤販，而是去優奈小姐的店。」

我一開始還在想貴族的女兒單獨行動沒關係嗎？但我確實經常看到諾雅一個人來吃東西。有時身為女僕的菈菈小姐還會來把她帶回去。

看來異世界的貴族也有很多種。

「諾雅姊姊大人，太不公平了，我也想去優奈姊姊大人的店裡吃飯。」

「下次妳來克里莫尼亞，我就帶妳去。」

「真的嗎？說定了喔。」

米莎很高興，但她有機會來克里莫尼亞嗎？

我們來到有攤販的廣場，以米莎想吃的東西為主，到處逛小吃攤。見到我的打扮，攤販的工作人員都盯著我看。

嗯，我早就知道了。因為上次來的時候也一樣。我無視他們的反應，逕自點餐。我們在廣場上到處逛，發現有人在賣烏龍麵。

喔喔，原來這個世界也有。也對，畢竟只是把麵粉揉成團，再切成長條狀而已嘛。

我有點感動，而菲娜說出了驚人的話。

「這在安絲姊姊的店裡也吃得到喔。」

「……菲娜小姐，妳剛才說什麼？」

「這在安絲姊姊的店裡也吃得到喔。」

菲娜很認真地一字一句重述給我聽。

「……妳開玩笑的吧？」

「雖然湯頭不一樣，可是真的吃得到喔。優奈姊姊去安絲姊姊的店裡吃飯時都是點飯類，所以可能沒有注意到。」

確實沒錯。我去安絲的店時都不看菜單，點餐時都以飯類為主。而且，菜單的內容全是交給安絲和提露米娜小姐決定。

我沒想過在安絲的店裡能吃到烏龍麵。回去後去吃吃看吧。

總而言之，我決定先點眼前的烏龍麵來吃。

雖然好吃，但湯頭的味道有點可惜。安絲的店裡有昆布高湯，應該很好吃。真想快點回去。

吃完烏龍麵，我覺得肚子很飽，所以坐在長椅上休息，這時有兩個面熟的人走了過來。

「她真的在呢。」

「對啊。」

我想想，她們好像是以前護衛過葛蘭先生的冒險者瑪麗娜和另一個巨乳魔法師。我忘了她的名字。雖然她自我介紹過一次，但在那之後都沒有見過面，我當然會忘記了。

這不是我的錯。我為自己找藉口。

「瑪麗娜、艾兒。」

米莎說出兩人的名字。

嗯。對了，她叫艾兒。的確是這個名字。我在心中對米莎道謝。

「米莎娜大人，好久不見了。」

兩人對米莎打招呼。

「對了，『真的在』是什麼意思？妳們該不會是來找我的吧？」

「是啊，打扮成熊的女孩子在冒險者公會掀起了話題呢。」

「大家都說妳的打扮很可愛。」

「雖然也有些人在嘲笑妳。」

艾兒說我的好話，瑪麗娜卻把我推入谷底。

「所以嘍，我們馬上就發現他們是在說優奈。對了，妳怎麼會跟米莎娜大人在一起呢？」

「我受邀來參加米莎的生日派對。」

「米莎娜大人的生日派對？」

瑪麗娜望向米莎。

「嗯，我今年要滿十歲了。」

「真的嗎？生日快樂。」

「謝謝。」

「所以，妳們兩個是來找我的嗎？」

「不是啦，我們正要去城外的田地擊退鼴鼠。在路上剛好遇見打扮成熊的妳。」

「鼴鼠？」

鼴鼠是那種在地底下挖洞的鼴鼠吧。瑪麗娜說鼴鼠會吃掉農作物，所以要去清除牠們。但鼴鼠會吃農作物嗎？

再說，冒險者竟然要去狩獵鼴鼠？

「牠們會吃喔。」

「當然，也有些種類的鼴鼠不會吃農作物，可是這次出現的鼴鼠好像會破壞農田。」

「所以我們正要去擊退牠們。」

「優奈沒有見過鼴鼠嗎？」

「沒有。」

在都市長大的我沒有見過鼴鼠。

「鼴鼠也有這麼大隻的喔。」

瑪麗娜大大張開雙臂。太大了吧，那種東西已經不是鼴鼠了。可是，在異世界或許會有？

話說回來，冒險者竟然要去打鼴鼠。也對，除了狩獵魔物和護衛之類的工作外，也有很多打雜類的工作。

可是，要怎麼清除生活在地底下的鼴鼠？可能是用土魔法來處理吧。

……我有點想看看她們會怎麼對付鼴鼠。可是既然有三個女孩在，可能沒辦法。

我轉頭望向三個女孩，發現有兩個人比我還感興趣——是諾雅和米莎。菲娜的反應很普通，這或許是貴族和平民的差異吧。

「優奈小姐！」

米莎和諾雅拉了拉我的熊熊服裝。

不要用那麼想去的眼神看我啦。

「田地會很遠嗎？」

「從大門出去往右走，很快就能看到了。」

很近嗎？

「有危險嗎？」

「沒有喔。周圍沒有魔物，和森林也有段距離，連動物都沒有。可是，會有不知道從哪裡冒出來的鼴鼠破壞農作物。」

「糧食對任何城市來說都很重要，所以有時候會僱用冒險者去清除鼴鼠。」

沒有危險。地點也很近。

「妳們要去看看嗎？」

「要。」

「我想去！」

諾雅和米莎很有精神地回應，而菲娜帶著微笑看著她們。這樣看起來，菲娜好像是她們之中最懂事的姊姊。

「米莎娜大人，過程很沒意思喔。只是艾兒用魔法把地底下的鼴鼠趕出來，再由我擊退牠們而已。」

「我不能去嗎？」

「嗚嗚，也不是不行啦。」

瑪麗娜露出困擾的表情看著我。

「我會好好照顧她們的。妳們兩個都還記得葛蘭先生和克里夫說的話吧？」

「記得。」

「我不會離開優奈小姐的。」

諾雅抱住了我。

她真的懂嗎？

看她的笑容，我很懷疑她到底懂不懂。

201 熊熊幫忙清除鼴鼠

米莎很開心地走在前方的瑪麗娜身邊。她好像很信任瑪麗娜。被半獸人攻擊的時候，瑪麗娜勇敢地保護了米莎搭乘的馬車，所以她才會這麼受到信賴吧。

「其他成員不在嗎？」

我對走在前頭的瑪麗娜問道。護衛葛蘭先生時，她們共有四個人。雖然我不記得名字了。

「瑪絲莉卡和伊蒂亞去做其他工作了。因為這邊的事情只要有艾兒和我在就夠了。」

相反地，沒有艾兒這個魔法師似乎就不行。

我們走出大門，走了一陣子後看到了田地。很寬廣呢，有幾個人在田地裡工作。瑪麗娜從後方對正在務農的人出聲搭話：

「不好意思。我們聽說這裡有鼴鼠出沒，來執行冒險者公會的委託。」

「來了啊。幫了大忙……」

男人轉過頭來看瑪麗娜，視線卻馬上定格在她後方的我身上。

「熊？」

「別在意這隻熊。」

瑪麗娜迅速看了我一眼，然後這麼回答。雖然幫了我一個忙，但對我的態度會不會有點太隨便了？

可是男人似乎對我很好奇，一直在偷瞄我。

「那麼，請問那幾個孩子是？」

他看著我身邊的菲娜等人。

也對，看到打扮成熊的我和菲娜這些小孩子跟冒險者在一起，當然會感到好奇。

「也請別在意這些孩子。對了，請問鼴鼠是在哪裡出沒？」

「好吧。鼴鼠會在那邊出沒，有很多農作物都被破壞了，拜託妳們了。」

男人不再看我和菲娜等人，用手指出鼴鼠出現的地點。瑪麗娜往男人說的方向前進。

為了確認有沒有魔物，我使用了探測技能。就跟瑪麗娜說的一樣，附近沒有魔物的反應。很可惜，我的技能果然無法偵測到鼴鼠。

探測技能只會對魔物和人有反應。因此，探測技能找不到不是魔物的鼴鼠。

現在顯示在探測技能上的反應頂多只有在田裡工作的人。再看一次會發現，下田工作的人還真多。雖然我不記得有跟誰擦身而過，後方卻也有人。我往後看，卻看不到人影。反應是位在大樹附近。是在樹蔭下休息嗎？也有可能是在偷懶。因為務農很辛苦嘛。

「是這附近吧。艾兒，拜託妳了。米莎娜大人和朋友們請稍微離遠一點。」

一來到男人告訴我們的地點，瑪麗娜開始下指示。

「那我在附近確認一下。」

艾兒開始在田地周圍走動。

「有幾個洞呢。」

我看看艾兒經過的地方，的確有些看似洞的東西。

「妳們要怎麼找出鼴鼠？」

米莎很有興趣地向艾兒問道。

「我會用水魔法把鼴鼠吸出來。我現在要開始了，請稍微離遠一點。」

聽到艾兒這麼說，我們稍微後退。

確認我們都後退之後，艾兒伸手靠近洞口，使用魔法。從艾兒手中出現的水進入地底下。水沒有滲進土壤，而是不斷流入洞裡。

我在一旁觀察，這次水開始逆流。她把水抽回來了嗎？

三個女孩一臉驚訝地注視著這個現象。

「順帶一提，艾兒使用的魔法很困難喔。」

瑪麗娜有些驕傲地對專心觀察的三個女孩這麼說。

「是嗎？」

「只是放水魔法的話是很簡單，但要操縱放出來的水很困難。」

瑪麗娜溫柔地對米莎說明。

我也覺得光是放魔法的確很簡單。但如果是製作出魔偶，操作起來會需要比較高的技巧。可能是因為操作時需要想像力吧。

「瑪麗娜，聊天時間結束嘍。差不多要出來了。」

聽到艾兒這麼說，瑪麗娜舉起劍。

我們的視線轉向洞口。

「有、有東西跑出來了！」

米莎大喊後，有黑色的物體從被吸出洞口的水中衝了出來。

是鼴鼠。可是，牠比我在電視上看過的鼴鼠還大了一號。被吸出的鼴鼠一掉到地上，瑪麗娜就用劍刺穿牠。鼴鼠一命嗚呼。瑪麗娜接著解決了從洞裡衝出來的兩隻鼴鼠。

「有三隻呢。」

「算不錯了。好了，移動到下一個洞吧。」

艾兒往下一個洞移動。

「米莎娜大人，很無聊吧？」

米莎搖了搖頭。

「雖然鼴鼠被殺掉很可憐，但是我知道食物很重要。而且艾兒的魔法很厲害。」

「米莎娜大人，謝謝誇獎。可是，我沒有那麼厲害。」

「可是，剛才瑪麗娜說艾兒的魔法很厲害呢。」

「的確是有點厲害，不過我必須觸碰到用魔法製造出來的水才能操縱水。如果是高手，就算是遠離自己的水也能操縱。」

嗯？我操縱魔偶的技術該不會是很厲害的事吧？

「所以，請把我當成是只有一點點厲害的魔法師。」

艾兒微笑地說道。這時，艾兒彎下腰配合米莎的視線，那對豐滿的胸部變得更明顯。

好大，我總有一天也要變得跟她一樣。

後來，我們決定也來幫忙清除鼴鼠。

雖然說是幫忙，其實只是尋找洞口。因為清除鼴鼠是瑪麗娜她們的工作，所以我不會出手幫忙。

「瑪麗娜，這裡也有洞喔。」

米莎在稍遠的地方大喊。

「好的。等我們處理完這個洞就過去，請稍等一下。艾兒，開始吧。」

艾兒詠唱魔法，重複和剛才一樣的過程。

或許是因為大家分頭尋找，很快就找到洞了。可是，如果巢穴和巢穴之間太靠近，有時也會撲空，裡面什麼也沒有。我們順利地把鼴鼠一一處理掉。

「話說回來，數量比想像中的多呢。」

多。

「是啊。我們還巡不到一半，卻已經有這麼多了。」

雖然我不知道一般來說是如何，現在卻已經除掉了將近三十隻鼴鼠。這麼一想，或許真的很多。

「該不會有巨型鼴鼠吧？」

「巨型鼴鼠？」

巨大的鼴鼠？新的鼴鼠名稱出現了。

「有可能。或許應該暫停尋找鼴鼠的巢穴，先找出巨型鼴鼠的巢穴。」

「瑪麗娜，巨型鼴鼠是什麼？」

米莎這麼問道。

米莎，問得好。我也想問關於巨型鼴鼠的事。如果這是一般常識，我可就丟臉了。

「巨型鼴鼠就像是鼴鼠們的母親。因為牠一次能產下大量小鼴鼠，如果不早點找出來清除，牠們可能會把農作物吃光光。」

「這麼一想，或許也應該找除了我們之外的人來幫忙。要是太晚處理就麻煩了。」

「先找到洞再決定吧。」

「也對。既然這樣，我們開始找巨型鼴鼠的巢穴吧。」

我們遵守艾兒的指示，開始找大型的巢穴。聽說洞口會大到足以讓人類的小孩進入。牠到底有多大啊？我們正要分頭尋找時，看見一個男人往這裡跑過來。

「不好意思～！」

男人氣喘吁吁地朝我們跑來。

「發生什麼事了嗎？」

男人先調整呼吸，然後開口說：

「那裡有一個很大的洞，農作物都被破壞掉了。」

「很大的洞？」

「該不會是巨型鼴鼠吧？」

「是。我也覺得有那個可能，才來這裡通知各位。再這樣下去就糟了，拜託妳們了。」

男人低頭這麼說。看來已經有人發現我們正要去找的巨型鼴鼠巢穴。為了確認那個洞，我們請這位先生帶我們過去。

「好大喔。」

地上有個很大的洞。洞口的確大到可以讓小孩子進入。

艾兒開始確認洞口和周圍，附近的農作物被吃掉了不少。

「裡面大概有巨型鼴鼠吧。」

巨型鼴鼠應該不是魔物。我使用探測技能，沒有魔物的反應。附近只有人的反應。嗯～那個人好像還在樹下偷懶呢。

「艾兒，拜託妳了。」

瑪麗娜拜託艾兒，而艾兒像先前一樣詠唱魔法，放水進入洞裡。可是就算水開始逆流，也沒有任何東西跑出來。

「沒有嗎？」

「不知道，也有可能不在裡面。」

瑪麗娜看著周圍被破壞的田地。

「一定有巨型鼴鼠。」

「可能是因為牠太大了，用我的魔法拉不出來。」

艾兒重複抽水好幾次，卻完全沒有出現鼴鼠的跡象。我本來不打算幫忙，但農作物繼續遭受破壞就傷腦筋了。

「要不要讓我來試試？」

「優奈要試嗎？」

「可以的話，能拜託妳嗎？我好像沒辦法。」

「我是知道優奈的土魔法很厲害，但妳也會用水魔法嗎？」

「會啊。」

我模仿艾兒的方式使用水魔法。水從熊熊玩偶手套的口中流出來，進入大型的巢穴中。

「水量好多喔。」

「有我的兩倍以上呢。」

透過水的魔力，我能隱約知道洞裡的環境。我感覺到水碰到了某種物體。

「裡面有個很大的東西。」

「妳感覺得到嗎？」

「隱隱約約。」

我學艾兒把水抽出來。

嗯，我能感覺到有某種很大的東西被吸出來了。

「瑪麗娜，有東西要出來了，麻煩妳。」

「交給我吧。」

瑪麗娜舉起劍。

就快出來了。

出現的是……鼴鼠？

「巨型鼴鼠！」

瑪麗娜大叫。

太大了吧？

牠的體型相當於一隻野狼。這絕對不是鼴鼠該有的大小。

「瑪麗娜！別讓牠逃了！」

「我知道。」

瑪麗娜把劍刺向出現的巨型鼴鼠。瑪麗娜的劍貫穿了巨型鼴鼠的身體，讓牠停止動作。似乎一擊就解決了。

「好大。」

「原來有這麼大隻的鼴鼠。」

菲娜也就算了，米莎和諾雅看到鼴鼠的屍體都很鎮定。第一次來到這個世界時，我看到野狼的屍體明明還嚇了一跳。異世界的小孩好堅強。

「優奈，謝謝妳。」

「我的魔法沒辦法，妳幫了大忙呢。」

兩人對我道謝。

「因為農作物被吃掉的話，農夫會傷腦筋嘛。」

這些農作物都是他們辛苦種植出來的。而且，親眼見到這些農夫，我無法對他們見死不救。我在原本的世界也看過因為颱風等災害而陷入困境的農家。

我可能也會吃到這裡的農作物，所以也想要盡量保護農田。

202 熊熊與艾蕾羅拉小姐重逢

我們順利地清除了巨型鼴鼠。

「這樣就沒問題了。」

據瑪麗娜所說，同一個地方似乎不會出現兩隻以上巨型鼴鼠。牠們會出現在有很多食物的地方，然後生下小鼴鼠。巨型鼴鼠可以產下很多小鼴鼠，如果太晚驅除，食物會被吃個精光，讓災害擴大。不愧是異世界，跟原本的世界有很多不同之處。

接下來只要清除巨型鼴鼠生下的鼴鼠就行了。可是，時間也差不多了。要是太晚回去，可能有人會擔心，所以我們決定現在離開。

「瑪麗娜、艾兒，今天謝謝妳們。」

「不會，我也很久沒有跟米莎娜大人相處了，很開心。」

「米莎娜大人，有需要的時候請隨時來找我們。」

瑪麗娜她們好像還不打算回去，要繼續清除鼴鼠直到艾兒的魔力用完為止。我和繼續尋找鼴鼠的瑪麗娜她們道別，帶著三個女孩離開。

我們在途中經過一棵很適合午睡的大樹旁邊。對了，不知道原本待在這裡的人去哪裡了。我邊走邊確認，樹下卻一個人也沒有。擊退巨型鼴鼠之前明明還在，該不會是因為巨型鼴鼠引起的騷動而移動到別處去了吧？

在走回宅邸的路上，我看看走在旁邊的三個女孩，發現她們的衣服和臉都弄髒了。也對，在田裡走動當然會弄髒了。腳看起來特別髒，直接回去可能會挨罵。放著不管會不會不太好？我沒辦法處理衣服，但至少可以把臉上的髒汙擦掉。

「妳們三個不要動喔。」

我用水魔法弄濕毛巾，幫三個女孩擦臉。雖然臉變乾淨了，衣服我沒辦法處理。會挨罵嗎？我想著要怎麼解釋，同時回到宅邸時，有個熟悉的人物正要走進宅邸。

「母親大人！」

諾雅朝正要走進宅邸的艾蕾羅拉小姐跑過去。聽到諾雅的聲音，艾蕾羅拉小姐回過頭來。

「諾雅！」

回過頭的艾蕾羅拉小姐看到諾雅就露出笑容。

「妳好像過得很好呢。」

「是，我過得很好。可是，為什麼母親大人會在這裡？」

「當然是來見我心愛的女兒嘍。」

艾蕾羅拉小姐作勢擁抱女兒，卻在途中止住了動作。

「諾雅，妳身上好髒喔。」

諾雅低頭看看自己的樣子。

漂亮的衣服有點髒。因為想不到什麼藉口，身為暫時監護人的我只好認錯。

「艾蕾羅拉小姐，抱歉。都是因為我帶這些孩子去田裡。」

「不是的，都是因為我說想去。」

米莎馬上否認我說的話。

「我也有說想去，所以不是優奈小姐和米莎的錯。」

我想幫兩個女孩說話，她們卻反過來幫我辯解。

「呵呵，我沒有生氣啦。而且我小時候弄得比妳們更髒呢。」

艾蕾羅拉小姐不介意諾雅身上的髒汙，笑著擁抱她。

「母親大人會弄髒的。」

「沒有母親會因為女兒身上很髒就不抱她的。」

「母、母親大人！」

雖然諾雅露出難受的表情，但這幅景象真是溫馨。

「可是，艾蕾羅拉小姐到底為什麼會來到這裡？」

「嗯~我說要來見女兒是真的喔。一成的原因是工作，另一成是來見克里夫，剩下的八成是來見諾雅。」

呃，我要從哪裡開始吐槽才好？至少讓克里夫和諾雅各占一半吧。而且工作比較重要吧。

「我等一下也有話要跟優奈說。可是在那之前，我得先跟葛蘭老爺打聲招呼，我們進到屋裡吧。」

我們和艾蕾羅拉小姐一起進入宅邸後，梅森小姐跑了過來。

她一看到我們就大叫道：

「各位小姐怎麼會弄得這麼髒呢！」

看著滿身土沙的三個女孩，她露出有些生氣的表情。

「梅森，對不起。都是我的錯。」

米莎道歉，說出我們和瑪麗娜一起去田地的事。

「我也有說想去，所以不是米莎一個人的錯。」

「我也是。」

諾雅和菲娜跳出來幫米莎說話。

看到她們三個人這麼護著彼此，梅森小姐的表情變得柔和。

「我沒有生氣喔。」

「真的嗎？」

米莎有點懷疑地問。

「是的。我沒有生氣，所以請各位小姐去洗熱水澡，清理一下。畢竟這樣子無法用餐。」

三人回覆一聲好後，融洽地一同往浴室走去。梅森小姐帶著微笑目送她們。

「我好久沒有看到米莎娜大人那麼愉快的樣子了。優奈大人也請一同入浴吧。」

「我晚點再洗就好。等我和艾蕾羅拉小姐談完事情再洗澡。」

「……艾蕾羅拉大人！」

梅森小姐剛才好像只注意到髒兮兮的三個女孩。一看到艾蕾羅拉小姐，她露出驚訝的表情。

「梅森，好久不見了。」

「我沒有發現您，真的很抱歉。」

梅森小姐深深低下頭。

「沒關係，都怪我突然來打擾。我想跟葛蘭老爺打聲招呼，我可以去見他嗎？」

「是，我想應該沒問題。今天的客人都已經會面完畢了。」

早上時，葛蘭先生好像有說過要跟很多人會面。

「優奈，我要去跟葛蘭老爺打招呼，妳可以先跟大家一起去洗澡。」

「可以的話，拜託您了。帶著髒汙在屋子裡走動會有點……？」

梅森小姐看著我。

「優奈大人也有到田裡對吧？」

「嗯，有啊。」

「可是，您沒怎麼弄髒呢。雖然黑色的腳看不出來，但白色的腳也很乾淨呢。」

梅森小姐看著我的腳，還把我的腳抬起來，看看熊熊鞋子的底部。

「因為這是用特殊材質做的，不會弄髒。」

這套布偶裝不需要清洗。就算一整年都穿著也很乾淨，是不會沾染髒汙或臭味的優秀裝備。就算被泥水潑到，這套衣服也不會髒。

「真是不可思議。」

梅森小姐歪著頭看著熊熊裝備。

「優奈，妳去悠閒地洗個澡吧。照顧那些孩子，妳應該累了吧？」

不知道一起洗澡能不能消除疲勞就是了。

也好，諾雅和米莎都是很有家教的貴族，不會在洗澡時玩鬧（注意，在熊熊浴室會玩鬧）。而菲娜很乖巧，所以沒問題。我和艾蕾羅拉小姐約好晚點見面，然後前往浴室。

我一來到浴室，三個女孩都已經脫掉衣服了。

「優奈小姐，妳好慢喔。」

「因為我跟梅森小姐和艾蕾羅拉小姐聊了一下嘛。」

「我們快點進去吧。」

「我馬上去，妳們先洗吧。」

我叫三個女孩先去，自己則在更衣間脫掉熊熊服裝，然後走進浴室。雖然是只治理一半城市的領主，宅邸裡的浴室還是很氣派，我們四個人一起洗也綽綽有餘。諾雅剛開始幫米莎洗身體，所以我也把菲娜叫過來。

「菲娜，過來這邊，我幫妳洗。」

「沒關係，我可以自己洗。」

「不用客氣啦。」

我硬拉菲娜來坐在我面前，幫忙洗她的背部和頭。我接著開始洗自己的身體和頭，這時三個女孩表示想幫忙，但我鄭重拒絕了她們，要她們去泡澡。諾雅不服氣，但我沒有放在心上。

洗完澡的我們用吹風機確實吹乾頭髮。因為要是感冒就糟糕了。

離開浴室，回到房間後，三個女孩開始玩起黑白棋。

我悠閒地看著她們三個人休息，這時艾蕾羅拉小姐來到房間裡。

「母親大人！」

「大家都變乾淨了呢。我待會兒也去借一下浴室好了。」

艾蕾羅拉小姐摸摸洗完澡的女兒的頭，走進房間。

「優奈，這次謝謝妳喔。」

「……？」

我不知道她是在為哪件事情道謝。

「我聽克里夫和葛蘭老爺說了。要不是優奈帶賽雷夫來，情況真的很危險。」

是那件事啊。

「雖然帶賽雷夫先生來的人是我，但他才是為派對努力工作的人。」

「是啊，我聽說了。賽雷夫好像教訓了對料理有意見的賈裘德呢。我真想親眼看看當時的情況。」

「對了，關於賽雷夫的事。米莎娜的派對結束後，我會帶他回王都的，妳不用擔心。」

她的語氣很遺憾。我也有同感，真想看到傳聞中的笨蛋貴族一臉不甘心的樣子。

「可以嗎？」

「嗯，所以克里夫和諾雅就拜託妳了。」

幸好可以不用再跑一次王都。不管怎麼說，那樣都很麻煩。

「幫了我大忙，不過艾蕾羅拉小姐是一個人來的嗎？」

「有幾個部下跟著我來。在出發之前，他們會住在旅館。」

就算是艾蕾羅拉小姐，果然也不會單獨跑來這種地方。

「其實我想一個人來，國王陛下卻堅持要我帶人來，我只好遵命了。」

還說得那麼無奈，艾蕾羅拉小姐也是貴族，一定需要護衛吧。

「母親大人，我們在回去之前都可以在一起嗎？」

「雖然我還有工作，但稍微偷閒一下應該沒關係吧。」

「工作嗎？」

「是啊，壞心的國王陛下命令我來工作。其實我很想拋下工作不管，一直陪著諾雅呢。」

艾蕾羅拉小姐對諾雅道歉。她的確說過自己是為了工作而來，只有一成的原因是工作。

「工作很快就結束了嗎？」

「嗯～白天大概都在忙吧。可是晚上有空，可以在一起喔。所以優奈，白天就拜託妳照顧諾雅了。」

「那工作內容是什麼？如果不能說，我就不問了。」

我不想被捲進麻煩裡。可是，如果菲娜她們也會被捲進麻煩，還是問一下比較好。

「我是來視察這座城市。國王陛下本來打算派其他文官過來，我就搶了……不對，是自願接下這份工作。」

剛才這個人說了「搶」工作耶。

「不過，真虧國王陛下願意准許呢。」

「因為我很拼命地拜託他啊。我在陛下面前像唸咒語一樣說著『我想女兒，我想老公，我想女兒，我想女兒，我想女兒』，咒語就奏效，讓他准許我過來了。」

國王一定覺得很煩吧。可是她丈夫克里夫出現的次數好像很少，是我的錯覺嗎？

「視察要做什麼事？」

「沒什麼特別的。只是在城市裡走走，蒐集情報而已。之後我會跟葛蘭老爺和克里夫討論，思考今後該怎麼做。我明天也打算參加米莎娜的派對。」

真是自由的視察。

「所以，我應該會在派對之後開始正式行動。我得到街上巡視，也要去一趟冒險者公會和商業公會，還有沙爾巴德家。」

說完後，在梅森小姐來叫我們去吃晚餐以前，看到黑白棋的艾蕾羅拉小姐也參加了黑白棋大賽。

203 熊熊穿禮服

米莎的派對當天，我遇到了最強大的敵人。不可能打倒，也無法逃走。我正面臨來到異世界以來最大的危機。

我從來沒想過會遇到這種事，也無法想像。誰能料到諾雅和菲娜會背叛我呢？這裡已經沒有任何人值得我信任，我最信任的人背叛了我。

我絞盡腦汁思考逃脫的方法，但慘遭背叛的傷害讓我的頭腦變得遲鈍。而且，對手不給我思考的時間，拿著禮服靠近我。

「來，優奈小姐。禮服都準備好了，我們來換衣服吧。」

諾雅的手上拿著一件漂亮的禮服。

如果對方是米蕾奴小姐或艾蕾羅拉小姐，我就算用蠻力掙脫也要逃走。可是，今天要舉辦米莎的生日派對，靠近我的人也只是個十歲的小女孩。我沒辦法攻擊，也沒辦法逃走。

「諾雅，我們來談談吧。有話好說。」

現在的我只剩下談判一途。

「雖然熊熊服裝也很好看，但今天是米莎的派對，優奈小姐也穿上禮服吧。」

諾雅拿著黑白配色的禮服靠近我。根據諾雅的說法，這似乎是代表熊緩和熊急的顏色。禮服是諾雅和菲娜兩個人一起選的。

這件禮服確實很漂亮沒錯。我好歹也是個女孩子。如果是待在原本世界，要我在熊熊布偶裝和漂亮禮服之間二選一，我肯定會選禮服。我並非完全不想穿漂亮的禮服。可是，現在要我脫掉熊熊布偶裝會讓我有點抗拒。

「菲娜，妳為什麼要瞞著我？」

雖然就算她告訴我，我也不知道要怎麼反應。但至少有時間思考。

「因為當時優奈姊姊丟下我跑掉了嘛。」

我當時覺得菲娜挑禮服會花很多時間，所以我確實把菲娜丟在諾雅那裡。我絕對不是怕被波及才逃走，我只是覺得不可以打擾菲娜和諾雅兩個人而已。

「而且，諾雅大人說要等到派對當天再給優奈姊姊一個驚喜，要我保密。」

普通的女孩子可能真的會感到驚喜吧，一個人一輩子不知道有多少機會能穿到禮服。可是對習慣穿熊熊布偶裝的我來說，現在比起熊熊布偶裝，穿禮服還比較難為情。

「優奈小姐，妳不願意穿嗎？」

「呃，尺寸可能不適合吧？」

我穿著布偶裝，別人不可能知道我的正確尺寸。而且，我全身的尺寸都是最高機密，誰也不知道。

「沒問題的。菈菈知道優奈小姐的身高，我也有在一起洗澡的時候確認過身體的尺寸。」

洗澡是指什麼時候？

我和諾雅洗澡是最近的事吧。

不對不對，是國王誕辰的時候嗎！

就算如此，也不可能光看就知道我的尺寸吧。

而且，從那個時候到現在都過多久了？人是會天天成長的生物耶。

身高會長高，體重的話……一定沒有變，可是胸部會長大……

我隔著布偶裝摸摸胸部。嗯，感覺不出來。

「我在熊熊浴室和昨天洗澡時都確認過了，跟那個時候一樣，沒問題的。」

諾雅用充滿自信的笑容說。

小孩子天真無邪的發言有時候真的很傷人，我受到相當大的精神打擊。派對還沒開始，我就快要倒地不起了。

「為什麼要這麼排斥呢？米莎看到也會很高興的。」

「嗚嗚。」

「而且優奈小姐長得很漂亮，穿禮服一定很好看。」

「…………」

「菲娜應該也想看優奈小姐穿禮服的樣子吧？」

「是的。」

菲娜的眼神說著「我也會穿，所以我們一起穿吧」。

要逃出房間是很簡單的事。可是現在逃跑，我就沒有臉參加派對了。

我想要為了米莎參加派對。如果逃避參加派對，就太對不起寄邀請函給我的米莎了。嗚嗚～我無路可逃了！

「我、我知道了——可是我有條件。」

我想了個折衷的方法，告訴諾雅這個條件。諾雅勉為其難地接受了條件。

諾雅和菲娜換上了禮服。我前幾天看到諾雅穿禮服的樣子就覺得很可愛了，但菲娜也不遜色呢。諾雅的禮服是紅色，菲娜的禮服是淡綠色。諾雅很習慣穿禮服，所以表現得很大方。可是菲娜一臉害羞，縮起了身體。

「嗚嗚，好難為情喔。」

我才難為情呢。

我的裝扮是黑白配色的禮服，尺寸也很合身。為什麼光用看的就能知道我的尺寸？而且我竟然一點也沒有長大。

「優奈小姐，很適合妳喔！好漂亮！」

諾雅稱讚我，但我覺得很害臊。

我在原本的世界也完全沒穿過禮服，有多少跟我同年的人會穿著禮服出席派對？一般人根本不會吧。

站在鏡子前面看到自己的樣子，我覺得更害羞了。可能是因為看不習慣這種打扮，我覺得自己不太適合。

「優奈小姐的黑色長髮很漂亮，跟黑白禮服很搭。」

諾雅的金髮比較漂亮啦。

「嗚嗚，優奈姊姊好漂亮，我就一點也不適合穿這麼漂亮的禮服。」

菲娜比我還要自卑。在我看來，菲娜穿起來比較好看。淡綠色的禮服能襯托菲娜的氣質，非常可愛。

「菲娜和我不同，可愛多了，沒問題的。」

「我覺得優奈姊姊比較可愛。」

我們兩個都很害羞，漲紅了臉。還是不要再互相稱讚好了。

「妳們兩位都很合適，不用擔心。母親大人和父親大人看到一定會嚇一大跳。」

我要用這副打扮出現在眾人面前對吧？雖然對米莎很抱歉，我愈來愈想回家了。菲娜似乎也跟我一樣。我放棄抵抗，走近自己脫掉的熊熊裝備。接著，我穿起熊熊鞋子，雙手也戴上熊熊玩偶手套。

「優奈小姐，妳真的要戴回去嗎？」

這是我穿上禮服的條件。

以穿戴熊熊鞋子和熊熊玩偶手套為條件，我才答應穿禮服。

所以現在的我穿著黑白禮服搭配熊熊鞋子，手上還戴著熊熊玩偶手套。

可是自從來到這個世界，除了洗澡以外，我幾乎二十四小時都穿著熊熊布偶裝。全部脫掉會讓我有點抗拒。雖然至少還穿戴著手套和鞋子，但我還是很沒有安全感。

某些遊戲玩家會用最強武器搭上紙片防具的裝備去挑戰任務，現在的我就是這種心情。我實在不懂怎麼會有玩家想做這種事。

明明承受一記攻擊就會死。遊戲與現實果然差很多。

我溫柔地撫摸最強的防具——熊熊布偶裝，然後把它收到熊熊箱裡。

換好禮服的我們前往舉辦派對的場地。

這次的派對會場似乎和葛蘭先生的不同。賓客好像真的只有親朋好友，聽說只有米莎的家人和佛許羅賽家，以及在葛蘭先生這裡工作的人會來參加。

我們走進會場時，克里夫和艾蕾羅拉小姐等幾個人已經到場了。

我覺得自己很引人注目，或許是我太自戀了。而艾蕾羅拉小姐露出笑容，朝我們走過來。

「哎呀，優奈，妳今天穿得好可愛喔。」

都是多虧了妳的女兒。

「可是妳的手腳是怎麼回事？」

克里夫看著我的熊熊手腳，傻眼地說道。我心知肚明，什麼都別說了。

「父親大人也覺得不搭吧？可是優奈小姐說手腳一定要是熊熊，不然就不願意穿禮服。難得穿得這麼漂亮，好可惜喔。」

不管別人怎麼說，我都不會脫掉熊熊玩偶手套和熊熊鞋子。沒有熊熊玩偶手套就不能使用魔法，沒有熊熊鞋子就沒辦法迅速移動。所以唯獨這兩樣裝備，我是不會退讓的。

我上次跑步已經是讀小學時的事。要是沒有熊熊鞋子，我甚至有自信能跑輸菲娜她們。我覺得能追上咕咕鳥的孤兒院孩子們很厲害。

「話說回來，妳沒有打扮成熊的樣子還真奇怪。」

我也覺得奇怪得不得了，而且很沒有安全感。

「可是，妳這麼穿很好看喔。要是有男生看到現在的妳，一定會有一堆人來跟妳求婚。」

別來跟我求婚，我不想要。

「別管我了，請兩位誇一下自己的女兒吧。」

「當然了，諾雅和菲娜也很可愛喔。只不過，優奈穿禮服的樣子比較具有衝擊性嘛。」

我嘆了口氣，打算坐到位子上，卻不知道要坐在哪裡。

沒有參加過貴族派對的我當然不懂規矩，正在煩惱該怎麼辦時，梅森小姐向我走了過來。

「優奈大人和菲娜大人的座位在這邊。請坐下來稍等。」

看來每個家庭的位子是固定的。

佛許羅賽家、法蓮格侖家還有我和菲娜。在宅邸裡工作的人坐在稍遠的位子。

我在位子上坐下來等待。

不過，穿著禮服的感覺有點冷。平常多虧有布偶裝，我總是保持在最舒適的溫度，所以沒有發現。而且因為穿裙子，我覺得雙腳涼颼颼的。

明明才脫掉沒多久，我已經開始想念熊熊布偶裝了。

我們在座位上等著時，葛蘭先生、米莎的父母和米莎陸續走進會場。這個時候環顧室內的葛蘭先生把目光放在我身上。

「……我還在想說是誰，原來是小姑娘啊。」

發現得太慢了吧。我在葛蘭先生的眼前又沒有用熊熊連衣帽遮住臉。

「優奈姊姊大人好漂亮。」

「謝謝。米莎也很漂亮啊。」

就算是說客套話，也總比被看不起還要令人開心。

所有人坐到位子上後，派對開始了。

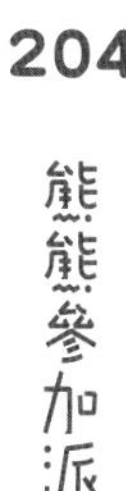

204 熊熊參加派對

派對開始後，賽雷夫先生做的料理端了進來。

是王宮料理長的料理。雖然我昨天晚餐也有吃到他的料理，但這是我第一次吃到派對料理。看起來很美味的料理一一擺上餐桌。料理的外觀很漂亮，色彩繽紛，在視覺和嗅覺上都是一種享受。料理都上桌後，米莎害羞地站了起來。米莎祝大家玩得開心，之後大家一起乾杯，宣告派對開始。

我不懂禮儀，用普通的方式吃飯應該沒關係吧。

我看看旁邊，發現菲娜也不知道該怎麼做，一臉困擾地看著我。就算她用這種眼神看著我，我也不知道貴族派對的用餐禮儀。所以，我只好模仿可以當作參考的人了。坐在我斜前方的諾雅用叉子和湯匙吃得津津有味。我小聲對菲娜說出「模仿諾雅應該不會出錯吧？」的建議。

話雖如此，我想除非吃得很難看，否則應該不會有人有意見。要是被人家告誡，再小心就好了。而且如果太在意規矩，難得吃到賽雷夫先生的料理卻無法好好品嚐味道就太可惜了。所以，我決定吃的時候適度注意禮節就好。

我先喝了一口看起來很美味的湯。雖然和安絲煮的湯不太一樣，但味道很棒。我下次想向賽

雷夫先生請教派對料理的做法，不知道他能不能教安絲。那樣一來，我就能隨時吃到了。

話說回來，大腿和手臂、脖子附近都涼涼的，讓我感到不太自在。布偶裝會幫忙調節溫度，如果不在乎外表，它真的是最棒的衣服。我愈來愈想念那種蓬鬆的觸感。

禮服是借來的，我得小心別弄髒。我並不打算弄髒它，但要是不小心讓料理掉在禮服上就糟糕了。我是不知道這件禮服要多少錢，但肯定很貴。

菲娜可能也很小心，用小小的嘴巴一點一點地吃著，所以用餐速度很慢。

「這麼一來，米莎就滿十歲了呢。」

米莎的母親看著女兒說。

「是的。我已經跟諾雅姊姊大人同年了。」

「可是幾個月後我就滿十一歲了，我還是姊姊喔。」

諾雅對「同年」這個詞有所反應，說出姊姊宣言。只要稍微早一點出生，的確是姊姊。

「是，諾雅姊姊大人以後也是我的姊姊。」

對了，我記得菲娜也是十歲。她的生日是什麼時候呢？

考慮到菲娜以前所處的環境，她可能沒有慶祝過生日。下次問問堤露米娜小姐，幫菲娜辦個驚喜派對應該也不錯，畢竟菲娜是在這個世界最照顧我的人。我覺得這是個好點子，放在心裡。

幫忙製作料理的女僕們也參加了派對，賽雷夫先生和波滋先生一邊吃著料理一邊進行美食評論。

我可以聽到他們說調味怎麼樣、味道太濃太淡、使用其他食材或許不錯等等的聲音。

波滋先生現在已經可以勉強拿起叉子了。可是只要做出抬起手的動作，他就會露出有點痛苦的表情。他恐怕還無法使用菜刀，因為做菜也需要細膩的手工，應該要再過一段時間才能正式開始做菜。

諾雅正在跟好久不見的艾蕾羅拉小姐，和最近很忙碌的克里夫開心地聊天。

艾蕾羅拉小姐提到住在王都的希雅，還有我護衛學生時發生的事；諾雅則是提到我在克里莫尼亞做了什麼。為什麼話題都是關於我的事呢？

都那麼久沒見了，一般人應該會聊聊自己家的事吧？

過了一段時間，諾雅送了一個禮物給米莎。我很好奇她送了什麼，原來是緞帶。這個與年齡相符的可愛禮物讓我鬆了一口氣。如果禮物是寶石或禮服之類的高級品，我看待她們兩人的目光可能會改變。雖然我覺得那條緞帶應該也使用了很高級的絲線。

我在尋找送禮物的時機時，一旁的菲娜用「怎麼辦？」的眼神朝我看過來。我們的禮物有蛋糕和熊熊布偶兩種。米莎請諾雅幫她繫上緞帶，表情非常開心。我看著餐桌。因為派對已經進行到一半，料理也減少了。

差不多可以拿出蛋糕了吧？

「米莎，可以打擾一下嗎？」

「是，有什麼事嗎？」

「我和菲娜也有禮物要送給妳。」

「禮物嗎？」

聽到我說的話，米莎很高興。

「我和菲娜一起做了點心，妳願意吃嗎？」

我從熊熊箱裡取出和菲娜一起做的大型雙層蛋糕。

第一次見到蛋糕，米莎很感興趣。蛋糕上整齊地裝飾著草莓，中央還有菲娜用草莓鮮奶油寫的「生日快樂」字樣。

「這是優奈姊姊大人和菲娜為我做的嗎？我好高興。」

「因為菲娜不知道要送什麼禮物給米莎，所以我們就一起做了。」

「不過，這個點心做得真漂亮呢。」

米莎的母親說出對蛋糕的感想。

「是啊，真讓人捨不得吃。可是，這要怎麼吃呢？」

蛋糕是完整的雙層造型，誰也不認為這只有一人份。我說要把蛋糕切開來吃。

「要切開嗎？」

「不切就沒辦法吃了嘛。」

「嗚～好不容易寫了字，真可惜。」

這句話讓菲娜露出害羞的表情。

「妳把文字和蛋糕的味道一起當作回憶收進心裡吧。」

「我知道了，我會好好記起來。」

米莎看著寫了字的蛋糕，點點頭。得到了米莎的同意，我開始切起蛋糕。

刀子劃開蛋糕時，米莎有點悲傷地叫了一聲「啊啊」。蛋糕非切不可，所以只好請她忍耐。

我把切好的蛋糕放到盤子上。因為做了很多，每個人都有分到。發完蛋糕後，大家都開始用叉子吃起蛋糕。

「好好吃。」

「真的很好吃呢。」

「我以前也吃過，還是一樣好吃。」

「我也好想一起做喔。」

不只是第一次吃蛋糕的米莎和葛蘭先生等人，以前就吃過的諾雅和克里夫等人也表示讚賞。

「小姑娘，原來妳還會做這麼好吃的東西。就算不當冒險者，妳應該也能當個廚師吧？」

不了解我的葛蘭先生這麼問道。

「葛蘭老爺，這傢伙已經開了兩家自己的店，還有做其他的生意呢。」

「真的嗎？」

「而且她的店在克里莫尼亞很受歡迎，我女兒也常常光顧。」

「因為優奈小姐的店裡賣的東西很好吃嘛。」

「諾雅姊姊大人好賊喔。」

不知為何，這明明是米莎的生日派對，大家卻開始熱烈地聊著關於我的話題。諾雅很得意地說著我的店裡有哪些料理很好吃，米莎則一臉羨慕地聽著。

期間她又說了好幾次「好賊喔」。

「最賊的人是菲娜。」

「我、我嗎？」

諾雅突然這麼說，讓菲娜嚇了一跳。

「因為妳竟然跟優奈小姐一起做蛋糕。我也好想一起做喔，為什麼不找我去？」

諾雅鼓起臉頰，做出有點鬧彆扭的舉動。

「那是因為菲娜不知道要送什麼禮物給米莎啊。」

「嗚嗚，早知道我也去找優奈小姐商量了。」

「既然這樣，下次要不要一起做？」

「真的嗎？」

「我、我也想做做看。」

聽到諾雅說的話，米莎也有些客氣地這麼說道。

「那等到慶生會結束，要不要大家一起做？」

「可以嗎？」

我和諾雅與米莎約好一起做蛋糕，她們都很高興。

我無意間望向賽雷夫先生的方向，聽到他們的談話內容：

「真的好好吃。布丁也一樣，那個小姑娘到底是何方神聖？」

「她是冒險者，也是我很尊敬的廚師。」

賽雷夫先生回答波滋先生的疑問。我希望他不要尊敬我，被王宮料理長尊敬的事要是傳開，我就傷腦筋了，而且我不是廚師。

「可是，這是怎麼做的？」

波滋先生用湯匙舀起鮮奶油，吃進嘴裡。

「優奈閣下有教過我，所以我會做。可是我不能把做法告訴你。」

不知為何，賽雷夫先生沉浸在優越感裡這麼說。波滋先生對他的態度露出不甘心的表情。他們的感情真好。

蛋糕幾乎大受好評。接下來只剩把熊熊布偶送給米莎了。

205 熊熊贈送熊熊布偶

吃完蛋糕後，接下來只要送出熊熊布偶。

希望米莎會喜歡。我很擔心她會不會早熟地說「布偶嗎？我已經不是小孩子了」。雖然有點晚發現，十歲是很尷尬的年紀。有些人長大後還是很喜歡布偶，有些人從小就對布偶沒有興趣。

「米莎，我問妳喔。妳喜歡布偶嗎？」

「布偶嗎……我喜歡。我很珍惜母親大人送給我的小狗布偶。」

雖然中間有一瞬間的停頓，但聽到她說喜歡，我和菲娜都放心了。

「既然這樣，妳願意收下我們的另一個禮物嗎？」

「還有一個禮物嗎？」

我從熊熊箱裡取出熊緩布偶交給菲娜，我則拿著熊急布偶。這樣一來，看起來就像是我們兩個人送的了。

我拿出布偶的瞬間，有個人非常激動。

「那、那、那是什麼！」

諾雅的反應比米莎還要快。

「這是熊緩和熊急的布偶。」

諾雅從座位上站起來，跑過來凝視著我手中的熊急布偶。

「好可愛，跟熊熊一模一樣。優奈小姐，請送給我吧。」

「當然不行了，這是給米莎的禮物。」

「怎麼這樣~至少給我其中一隻嘛。」

諾雅交互看著熊急和熊緩的布偶。

「不可以啦。兩隻沒有在一起的話，熊緩和熊急就太可憐了。所以這兩隻都是給米莎的生日禮物。」

就算是布偶，熊緩和熊急被迫分離也很可憐。而且這些是我和菲娜要送的禮物。

「為什麼今天不是我的生日呢？」

這種話對我說也沒用，有意見的話請去跟克里夫和艾蕾羅拉小姐說吧。諾雅很沮喪地跪坐在地上。

「嗚嗚，我也好想要熊緩和熊急的布偶喔。」

諾雅露出悲傷的表情。

就跟我想像的一樣。

「呃，妳這麼想要嗎？」

「是，我非常想要……」

她抬起頭，哀求似的看著我。

「好吧，我下次會送給妳。」

「真、真的嗎！」

諾雅聽到我的話，馬上打起精神。

不過，我早就知道諾雅會想要，所以本來就打算送她布偶。我們回到克里莫尼亞時，雪莉應該已經做好幾個布偶了。雖然我有猜到她會想要，她的反應卻比我想像的還要熱烈。

「所以，妳今天就忍耐一下吧。」

「我知道了。我這麼任性，對不起。可是，真的說定了喔。」

諾雅乖乖道歉，然後強調約定。

我和菲娜拿著熊熊布偶，走向米莎。諾雅在後方一臉羨慕地看著我們。我回克里莫尼亞就會送妳，別用那種眼神看我啦。我很在意諾雅的視線，同時來到米莎面前。

「妳先送吧。」

我把先送禮物的機會讓給菲娜。

「米莎大人，生日快樂。這是我努力跟優奈姊姊一起做的。」

菲娜遞出熊緩布偶後，米莎高興地伸出手收下了。

「謝謝妳。好可愛喔，我真的可以收下嗎？」

「這是給米莎的生日禮物嘛，幸好妳喜歡布偶。」

「還好我剛才有克服害羞的心情，坦白說我很喜歡。我被問到的時候，有一瞬間打算回答我小時候很喜歡，但是現在沒有興趣。」

「要是妳那麼說，我們就不會送了。」

「那樣的話，我就可以拿到布偶了……」

諾雅很遺憾地這麼說。

「那妳也要好好珍惜熊急喔。只有其中一隻太可憐了，希望妳可以一起寵愛它們。」

真正的熊緩和熊急也是只陪伴其中一隻就會鬧彆扭的個性。

我把熊急布偶送給米莎。米莎用嬌小的身體珍惜地擁抱熊急布偶。

「我會好好珍惜這兩個布偶的，謝謝妳們兩位。」

米莎露出今天最燦爛的笑容。

「米莎，能收到這麼可愛的布偶真是太好了呢。」

「是啊。」

米莎的母親很高興地看著女兒的笑容。

「可是收到熊熊的布偶，我就不好意思拜託優奈姊姊大人。」

米莎抱著布偶說。

「妳有什麼事想拜託我嗎？」

「是的，我一直很想再見到熊緩和熊急，所以我本來想這麼拜託妳。」

「妳想拜託我召喚牠們嗎？」

「是的……」

「早點說嘛。」

我把小熊化的熊緩和熊急召喚出來。

「什、什麼？熊緩和熊急變得像布偶一樣小！」

「因為布偶就是以這個狀態的大小為範本製作的啊。」

熊緩和熊急走向米莎身邊。米莎被真正的熊緩和熊急，以及布偶的熊緩和熊急等四隻熊圍繞著。

「米莎太賊了。」

再也忍不住的諾雅把所有熊和米莎一起擁入懷裡。熊熊們被夾在米莎和諾雅之間了。

後來，諾雅和米莎開始跟熊緩牠們玩了起來。帶著微笑看著她們的米莎媽媽轉過頭來看著我。

「優奈小姐、菲娜小姐，這次謝謝妳們兩位。我好久沒有看到女兒這麼開心的樣子了。米莎自從寄邀請函給優奈小姐和菲娜小姐的時候開始，就一直很期待這場派對。」

聽到人家這麼說，我很慶幸自己有來參加。雖然我沒想到自己得穿上禮服。

「請妳們今後也繼續跟我女兒當好朋友。」

「好的。」

我和菲娜這麼回應。

「優奈，我是很高興妳願意送布偶給我女兒，但是沒有芙蘿拉大人的份嗎？」

看著女孩們跟小熊一起玩，艾蕾羅拉小姐這麼問我。

「我當然有準備了。」

「呵呵，太好了。看到這麼好的東西，要是沒有芙蘿拉大人的份，我真不知道該怎麼辦。」

雖然送禮的順序變得亂七八糟，但讓我想要做布偶的契機本來就是芙蘿拉大人。

「話說回來，米莎收到的禮物真不錯呢。我要是也寄邀請函給小姑娘，不知道是不是也能收到好東西。」

給葛蘭先生的禮物？

「葛蘭先生也想要布偶嗎？」

「才不是呢！因為不管是禮物還是料理，妳都很令人驚訝。我是在想，如果妳要送我禮物，不知道會是什麼樣的東西。」

我試著想想送給葛蘭先生的禮物，但我實在想不到老人家會喜歡什麼。捶背券？不不不，我又不是他的孫女。要不然送古董，或是跟國王一樣送稀奇的武器之類的呢？

另外說到給貴族的禮物，我就想到寶石之類的東西，但我根本沒有那種東西。我想不到身為貴族的葛蘭先生會喜歡什麼樣的禮物。

……嗯？對了，我想到一個好東西了。

「葛蘭先生，擺飾類的東西可以嗎？」

「擺飾？」

「我有個擺在玄關或顯眼的地方會很帥氣的東西。」

「喔喔，妳願意把那個東西送給我嗎？」

「嗯，可以啊。如果你不要就說一聲，我會帶回去的。」

我移動到沒有人的地方，從熊熊箱裡取出鋼鐵魔偶。

「呀啊啊啊！」

「什麼！」

「是魔偶！」

「優奈，妳在做什麼啊！」

我一拿出魔偶，現場就掀起一陣騷動。有人踢倒椅子逃走，有人尖叫，還有人跌坐在地。

大家幹嘛這麼驚慌？

「葛蘭先生，這個擺起來不是很帥氣嗎？」

我敲了敲鋼鐵魔偶。雖然因為戴著熊熊玩偶手套，所以沒什麼聲音。

「小姑娘，它沒有危險嗎？」

葛蘭先生戰戰兢兢地問。

「什麼危險？」

「那不是鋼鐵魔偶嗎？」

「嗯，是啊。」

看就知道了吧。他們是第一次見到嗎？我上次也是第一次見到。可是，我覺得對話好像有點雞同鴨講。我微微歪著頭時，菲娜把大家嚇到的理由告訴我。

「優奈姊姊，大家好像都以為這尊鋼鐵魔偶還會動。」

喔，原來如此。所以大家才會這麼驚慌啊。經過菲娜的說明，我終於理解了。

「這尊魔偶已經不會動了，不用擔心。」

「真的嗎？」

疑心病好重。為了證明魔偶不會動，我觸摸它好幾次。

「優奈，那尊魔偶該不會是妳上次打倒的吧？」

「是啊。因為我碰巧找到能毫髮無傷地打倒魔偶的方法。」

艾蕾羅拉小姐說出我到礦山擊退魔偶的事情。

「原來這尊鋼鐵魔偶是妳打倒的啊。可是，我還是第一次見到狀態這麼完好的魔偶。」

葛蘭先生靠過來觀察鋼鐵魔偶。加札爾先生等人也好像說過同樣的話，他們說狩獵魔物的時候一定會造成傷害，所以大多無法維持原形。我戰鬥的時候是用電擊魔法破壞魔石，所以才能完整地保留原形。

「放在玄關怎麼樣？很搶眼又帥氣吧？」

收下我的鋼鐵魔偶的兩個人都已經擺出來當裝飾了。

「確實是很搶眼，但客人來時會嚇到啊。」

「這麼說來，你不想要嗎？」

我還以為這個禮物不錯呢。

「妳願意送的話，我是會收下，可是真的好嗎？狀態這麼完好的鋼鐵魔偶可以賣到很好的價錢喔。光是金屬的量，就是一筆不小的金額了。」

「我還有很多尊，沒關係。」

熊熊箱裡還放著好幾尊鋼鐵魔偶，目前我還找不到它們的用途。

我這麼一說，克里夫就抱頭苦惱，葛蘭先生和艾蕾羅拉小姐則露出傻眼的笑容。米莎和諾雅可能是對第一次見到的鋼鐵魔偶很有興趣，靠過來仔細看著。

其他人都和賽雷夫先生、波滋先生一起在遠處看著我們。對一般人來說，鋼鐵魔偶似乎相當嚇人。因為之前兩名鐵匠都沒有嚇得大呼小叫，所以我也沒注意。下次要拿出來時，我得小心點。

「雖然我知道妳是個欠缺常識的人，但沒想到情況比想像中還要嚴重。」

「我早就知道了。」

「我也是。」

葛蘭先生把我認定為一個沒常識的人。而且，連克里夫和艾蕾羅拉小姐都表示同意。不只如此，我仔細一看才發現連賽雷夫先生和波滋先生都在點頭。

奇怪，怎麼會這樣？

除了熊熊布偶裝以外，我是個很普通的人吧？我帶著這種心情看著三個女孩。

可是，她們並沒有開口幫我反駁。

熊熊要哭了喔。

新發表章節

涅琳與艾蕾娜　其一

自從來到克里莫尼亞，我每天都過著很忙的日子。

進入麵包店工作的我學會做蛋糕，有空的時候也會以優奈的意見為參考，開發新的蛋糕。當然，我也會跟莫琳姑姑學做麵包。雖然一開始有很多令人困惑的事，但每天都過得很開心。莫琳姑姑雖然談到與工作有關的事就很嚴厲，但是個溫柔的人。卡琳表姊也會在我有困難的時候幫助我。另外，還有孤兒院的孩子們會跟我一起工作。我的職場環境非常愉快。

店裡的事情都是莫琳姑姑做主。關於錢的事情，則由堤露米娜小姐管理。她會幫忙進貨，調查當季食材、時價波動、進貨價格等所有資訊。如果店裡有不夠的東西，她會馬上處理，所以我們才不會手忙腳亂。莫琳姑姑也說多虧有她，自己才能專心做麵包，受到很大的幫助。

我也一樣，因為店裡隨時都備有做蛋糕的食材，我才能專心製作蛋糕。如果要自己從進貨開始做起，那就太辛苦了。我們真的該好好感謝堤露米娜小姐。

開始在這家店工作後，我最驚訝的是關於一身熊裝扮的優奈的事。她是我工作的「熊熊的休憩小店」的老闆。除了這家麵包店，她還經營從密利拉鎮搬來的安絲小姐負責的餐廳。不只是我學到的蛋糕，使用叫起司的食材製作的披薩及布丁，好像都是優奈想出來的料理。叫洋芋片的點心也很好吃，她身為廚師的才能也很厲害。可是，她自己不會參與店裡的工作。根據本人的說法，似乎是因為很麻煩。

雖然優奈是老闆，卻幾乎不會插手經營事務。她頂多只會偶爾跟莫琳姑姑說自己想吃什麼樣的麵包而已。

麵包店每營業六天，就會有一天公休。這麼做好像是為了讓大家消除疲勞，準備迎接接下來的六個工作天。優奈說過，工作過久會讓效率變差。累積太多疲勞會讓工作速度變慢。她說「有休假才能提升效率，大家也比較開心吧」。可以休假的確很令人開心，如果是輪班制，我還是會在意店裡的事情。可是如果大家都休假，就不必去想工作的事了。我也可以在放假時跟莫琳姑姑和卡琳表姊一起出門。

今天是假日，我跟在旅館認識的艾蕾娜小姐約好一起逛街。艾蕾娜小姐是旅館老闆的女兒。我來到克里莫尼亞的第一天有受過她的照顧。她的年紀比我稍大一點，有時候也會來店裡用餐，所以我跟她的感情很好。

「艾蕾娜小姐，謝謝妳今天配合我的休假。」

「我以前就知道『熊熊的休憩小店』的公休日，所以有提前拜託爸爸和媽媽讓我休假，沒什

麼啦。」

「可是，旅館的工作應該非常忙吧。」

據說最近有大型隧道落成，已經可以輕鬆前往以前必須跨越山脈才能抵達的城鎮。所以，現在有很多人潮往來，我聽說旅館都非常忙碌。我第一天抵達這裡時，能找到空房間似乎是很幸運的事。希望我以後也有機會能去那座城鎮看看。

「真的很忙。雖然對我們家來說是好事，但我每天都要洗衣、打掃、幫忙做飯，要做的事情實在太多了。」

看來很忙碌的人不是只有我。

「真虧妳爸媽願意讓妳休假呢。」

「因為我家最近僱用了新員工嘛，所以多少輕鬆了一點。」

我一邊和艾蕾娜小姐聊天，一邊在街上走著。

「那家服飾店賣的衣服很可愛，我很推薦喔。」

艾蕾娜小姐走到服飾店前時告訴我。

「搞不好也有熊熊的衣服……」

裡面可能有在賣優奈的熊熊服裝。可是，艾蕾娜小姐笑著說「裡面沒有賣啦」。優奈是在哪裡買到那套熊熊衣服的呢？或許是她親手做的。

後來，我們走進店裡看了衣服。逛完衣服後，我們去了賣可愛小東西的生活雜貨店、有美味小吃的攤販、庫存很豐富的可疑書店、適合坐下來休息的地方及商業公會。而且不知道為什麼，艾蕾娜小姐還帶我到冒險者公會。

我記得菲娜和修莉的爸爸在冒險者公會工作。

她們兩個是堤露米娜小姐的女兒，菲娜是跟優奈一起在王都遇見我的女孩。她的個性非常認真，經常和優奈在一起。而修莉是菲娜的妹妹，經常和堤露米娜小姐在一起。

我曾經見過菲娜和修莉的爸爸一次。因為在冒險者公會工作，他的體格很壯碩。可是跟外表不同，他是個很溫柔的人。

「我們進去看一下吧。」

冒險者公會給人一種凶神惡煞的人特別多的印象。可是，也有很多冒險者會來麵包店用餐。看到女性冒險者吃我做的蛋糕時，我才知道女性冒險者也喜歡甜點，讓我很高興。男性冒險者則會吃麵包和披薩。

公會裡有女性冒險者，櫃台也有女性職員。進去裡面應該沒關係吧？

我跟著艾蕾娜小姐走進冒險者公會。

公會裡有很多穿戴著防具和刀劍的冒險者。我有種格格不入的感覺。

這裡有很多看起來很可怕的人。其中一名冒險者注意到我們，對我們說話。

「妳不是旅館的艾蕾娜嗎？怎麼會來冒險者公會？」

「我來散散步。」

對方的長相很凶惡，艾蕾娜小姐卻能跟他正常對話。

「該不會是來找帥哥的吧？」

「如果是，那肯定不是找你，是來找我的。」

另一個類似打扮的男性冒險者走過來。

「你們最好去照照鏡子。」

「不，也有可能是眼睛不好。」

聽到對話的冒險者們哄堂大笑。

眼前的男人被嘲笑，生起氣來。

「才沒有那回事咧。我長得很帥吧？那邊那位小姐也這麼想吧？」

男性冒險者靠過來質問我。

「呃，那個……」

好可怕。我後退了一步。

「要不然，為了讓妳了解我的好，今晚要不要一起玩？」

他靠得更近了。

「呃……」

我看著艾蕾娜小姐，尋求她的幫助。

「別靠近涅琳，她很害怕吧。」

艾蕾娜小姐站到我前方，幫我說話。

「順便告訴你，要是嚇到她或是對她做什麼壞事，你會倒大楣喔。」

艾蕾娜小姐的說法好像有什麼言外之意。

「倒大楣？」

「她叫涅琳，是在『熊熊的休憩小店』工作的員工。」

聽到這句話，冒險者們都愣住了。

「妳說那個熊姑娘的店嗎？」

「不會吧。」

男人們漸漸從我身邊退開。

呃，什麼？

每個人一聽到優奈的店名，態度都變了。他們的表情好像很焦慮，又不敢相信。

「……小姐，妳在那個打扮成熊的女孩的店裡工作嗎？」

「是的，我在優奈的店裡上班。」

「…………」

「…………」

我回答後，冒險者們面面相覷。

「小姐，今天的事情，妳就當作沒發生過吧。我沒有找妳說話。就算有說幾句，那也不是搭訕。拜託妳，絕對不要把今天的事情告訴熊姑娘。」

「我什麼都沒有做喔。」

男性冒險者逃跑似的離開我身邊。

到底是怎麼回事？

「呵呵，大家好像都不敢招惹優奈呢。」

「優奈嗎？」

「在這座城市裡，只要是知道優奈的冒險者，應該都不敢找她麻煩吧？要是優奈生氣，那就吃不完兜著走了。而且如果不能到店裡吃飯，那也很困擾。」

艾蕾娜小姐笑著牽起我的手，走向公會外頭。

優奈是什麼人？竟然連男性冒險者也怕她。不管怎麼看，她都是個打扮成可愛熊熊的女孩子吧。我記得莫琳姑姑曾說過優奈是個冒險者，是真的嗎？

而且還是連男性冒險者都會害怕的那種……？

「優奈真的是冒險者嗎？不管我問莫琳姑姑還是卡琳表姊，或是其他的孩子們，大家都說那麼可愛的女孩子是很厲害的冒險者。我實在難以置信。」

我問菲娜、修莉、堤露米娜小姐，也都得到同樣的答案。

「她是冒險者沒錯，而且非常強喔。」

「妳不是在開玩笑吧？」

「呵呵，那種可愛的打扮讓人很難想像吧。」

她會用那副可愛的打扮和魔物戰鬥嗎？我完全無法想像。

「優奈是很優秀的冒險者，外面流傳著很多熊熊傳說喔。我第一次聽說的時候也不敢相信，所以我能理解妳的心情。」

……熊熊傳說？

「熊熊傳說是什麼？」

艾蕾娜小姐帶著笑容說：「要不要告訴妳呢？」故意賣關子。

「告訴我嘛。」

後來，艾蕾娜小姐跟我說了很多事。

聽說優奈闖進冒險者公會，打倒了好幾十名冒險者，還打倒過幾十公尺長的巨大魔物。這些事情都讓我不敢相信。

嗯~我實在無法想像。

優奈真是個充滿謎團的女孩子。我愈聽愈覺得神祕。

涅琳與艾蕾娜　其二

離開冒險者公會的我們來到「熊熊的休憩小店」。這裡既是我工作的地方，也是我的住處。一樓是店面，二樓是我寄宿的地方。

因為本來是一棟宅邸，所以房間很寬敞，內附的家具也有點高級。我忍不住心想「我真的可以住在這裡嗎？」，而且不用付房租。我得努力工作，免得被趕出這裡。

我帶著艾蕾娜小姐，經過在店門口前抱著大麵包的熊熊石像旁，繞到後門。因為我約好要招待艾蕾娜小姐吃午餐，所以現在卡琳表姊應該在幫我們烤麵包。吃過卡琳表姊烤的麵包後，我還要請艾蕾娜小姐吃蛋糕。

「真的可以嗎？」

「可以啊。因為是為艾蕾娜小姐做的，請吃完再走吧。」

我昨天晚上做了蛋糕，並放到冰箱裡。因為是我努力做的，希望她可以嚐嚐看。

來到後門時，我們聞到了剛出爐的麵包香氣。畢竟已經跟姑丈和姑姑做了好幾年的麵包，卡琳表姊的麵包非常好吃。

卡琳表姊說「我可不能輸給孩子們」。在店裡工作的孤兒院孩子們都很認真，也非常勤奮，她似乎覺得自己不能太過鬆懈。我也一樣，不能讓孩子們搶走做蛋糕的工作。

一走進廚房，我看到卡琳表姊正在烤麵包，打扮成熊的優奈和堤露米娜小姐也都在。

「優奈、堤露米娜小姐也在啊。」

優奈常常來店裡吃麵包。堤露米娜小姐也會來拿晚餐或隔天早餐的麵包。

堤露米娜小姐剛開始打算付錢，優奈卻說不需要。孤兒院的餐點和我們的餐點都是用店裡的食材做的，所以優奈說不能只讓堤露米娜小姐付錢。

我有時候會覺得很擔心。這麼做應該會花掉不少經費，我覺得優奈太大方了。

「妳們兩個都來吃午餐嗎？」

優奈吃著麵包這麼問道。

「是啊。」

「涅琳邀請我來這裡吃飯。」

我和艾蕾娜小姐坐到椅子上。

我沒有看到莫琳姑姑。莫琳姑姑休假時經常去市場找食材或是去孤兒院，所以，她有時候也會在外頭吃飯。

「麵包已經烤好了，妳們可以拿喜歡的去吃喔。」

卡琳表姊把剛烤好的麵包放到桌上。每個麵包看起來都很好吃。

我和艾蕾娜小姐對卡琳表姊道謝，開始吃起麵包。我一邊吃著麵包，一邊看著坐在我面前的優奈。優奈今天也穿著可愛的熊熊服裝。我看著優奈，想起了在冒險者公會發生的事。她實在不像是會讓冒險者害怕的女孩。她長得非常可愛，我忍不住懷疑她是不是真的冒險者。就算是冒險者，她也不像是大家口中那種實力堅強的冒險者。

「怎麼了？」

因為我一直盯著優奈看，她咬著麵包發問。

「那個，我覺得妳今天也很可愛。」

「不用跟我說客套話啦，妳一定覺得我的打扮很奇怪吧。」

優奈把頭撇到旁邊。

「沒有那回事，優奈很可愛。」

我真的覺得她很可愛。雖然我不是小孩子，卻也想抱住她那身蓬鬆的衣服。

「原來涅琳和艾蕾娜小姐認識啊。」

「我來到這個城市的第一天，就是住在艾蕾娜小姐家的旅館。後來艾蕾娜小姐會來店裡，我們就成為朋友了。」

交到了朋友，我很慶幸自己有來這座城市。

「可是，我去店裡找涅琳的時候，她竟然穿著熊熊的服裝呢。嚇了我一跳。」

艾蕾娜小姐來店裡的時候，我穿著熊熊制服的樣子被她看到了。

「嗚嗚，不要再說了啦。好難為情喔。」

「會嗎？我覺得很可愛啊。」

艾蕾娜小姐微微笑。

「因為我以為不打扮成熊的樣子就不能在店裡工作。」

當時因為我很想到店裡工作，把優奈開的玩笑當真，一時衝動就答應了。雖然的確是很可愛的打扮，卻讓人有點害羞。每次客人說我可愛，我就會很難為情。

「涅琳，打扮成熊的樣子很丟臉嗎？」

優奈瞇起眼睛看著我。我有點害怕。

「不是的，雖然優奈穿起來很可愛，可是我覺得自己穿起來不太合適。」

優奈用懷疑的眼神看著我。優奈和孩子們穿起來可愛又合適，但我覺得自己穿起來似乎不怎麼搭調。

「對了，菲娜和修莉不在嗎？」

為了逃離優奈的視線，我轉移話題。總是待在優奈和堤露米娜小姐身邊的兩個女孩不在這裡。

「她們倆帶著卡琳烤的麵包去孤兒院了。」

堤露米娜小姐說道。

孤兒院的麵包都是莫琳姑姑或卡琳表姊烤的。比起向其他店買麵包，這樣比較便宜。就算是假日，大多也是卡琳表姊負責烤。有其他事情的時候，也會在前一天先烤好。有空的時候，我也會一起做麵包當作練習。

吃完麵包的我從冰箱裡取出蛋糕。

「大家要不要一起吃？」

我問大家，卡琳表姊和提露米娜小姐說要吃，優奈則拜託我幫她泡紅茶就好。我把蛋糕擺到桌上，開始準備紅茶。艾蕾娜小姐看著我泡茶的樣子。

「妳好會泡紅茶喔。」

聽到她這麼說，我很高興。經過在領主大人宅邸工作的女僕——菈菈小姐的指導，我很努力練習。被帶到領主大人家的時候我還緊張得不得了，卻得到了很寶貴的經驗。現在我心懷感激。

準備好蛋糕和紅茶後，艾蕾娜小姐馬上開始吃起蛋糕。

「嗯～好久沒吃到蛋糕了，真好吃。涅琳，謝謝妳喔。」

艾蕾娜小姐用滿臉笑容吃著蛋糕。光是如此就讓我感到非常高興。

「唉，不知道能不能也在我家旅館賣這種蛋糕？」

艾蕾娜小姐一邊津津有味地吃著蛋糕，一邊這麼說。

我們不能把蛋糕的食譜告訴任何人。所以，艾蕾娜小姐的旅館沒辦法販售蛋糕。

「聽到客人在旅館談論蛋糕，提到工作回來的人吃不到的事，我就忍不住這麼想。」

「因為我的店裡有孩子們在工作，所以不會營業到很晚。」

優奈不喜歡讓小孩子工作到很晚。莫琳姑姑說就是因為這樣，店裡才會早早就打烊。

「既然這樣，要在旅館賣蛋糕嗎？」

優奈喝著紅茶說道。聽到她這麼說，艾蕾娜小姐和我都很驚訝，而卡琳表姊笑了。

「優奈，妳不要總是一時興起就說出這種話。」

堤露米娜小姐傻眼地說。可是，優奈似乎沒有放在心上。

「我不是要把蛋糕的做法告訴別人啦。我只是覺得，如果涅琳有餘力做更多蛋糕，拿去旅館販售可能也不錯。」

「妳的意思是要在旅館販售涅琳做的蛋糕嗎？」

優奈說這叫寄賣。

「這部分要請堤露米娜小姐和涅琳，去跟艾蕾娜小姐的父母討論看看了。販售價格和我們店裡一樣，批發價要怎麼算就跟堤露米娜小姐商量吧。」

「果然還是要我去談啊。」

聽了優奈說的話，堤露米娜小姐輕嘆了一口氣。

「不過，因為有客人沒辦法白天來買，所以的確有人希望營業時間可以拉長。」

「熊熊的休憩小店」很早就打烊了。可是，旅館會營業到很晚。旅館的餐廳不只是房客，連沒有住宿的客人也能進入。

「既然這樣，如果最後決定要販售，就拜託優奈幫忙做熊熊擺飾嘍。」

堤露米娜小姐帶著笑容看著優奈。對此，優奈露出不情願的表情。

跟優奈有關的地方會放著熊熊擺飾。這家店的門口有一尊抱著麵包的大型熊熊擺飾，另一家店則有抱著魚的熊熊擺飾。孤兒院也有，優奈的家甚至整棟屋子都是熊的造型。

堤露米娜小姐似乎覺得這麼做正好可以證明那個地方是在優奈的勢力範圍之內。

「不好意思，想要在旅館賣蛋糕是我擅自提出的點子……」

眼看自己隨口說出的點子就要成真，艾蕾娜小姐開始不知所措。

「而且，這樣涅琳會很辛苦。」

她困擾地交互看著優奈和堤露米娜小姐，最後看著我尋求幫助。

可是，我的答案和艾蕾娜小姐想的不一樣。

「只要別做太多就沒問題了。」

「涅琳？」

如果是為了艾蕾娜小姐，有點忙也沒關係。而且能夠稍微幫到艾蕾娜小姐，我也很開心。

雖然艾蕾娜小姐原本打算拒絕，堤露米娜小姐卻有點積極……於是幾天後，包括我在內，開始和艾蕾娜小姐的父母談生意。

結果，我們決定不每天供應，而是每隔幾天寄賣一次蛋糕。

城堡守衛遇見熊熊

自從我開始擔任城堡的守衛，已經過了一年的時間。

不讓可疑人物進入城堡是我們衛兵的職責。每天都會有許多人來到城堡。有人在城堡工作，有人會運送食材過來，有人來商談事情，各公會也會前來進行報告。各式各樣的人都會來城堡，我們要從中防止可疑人物進入。

最近開始有個打扮成熊的女孩子會進出城堡。

雖然熊是很可怕的生物，那個女孩的熊裝扮卻是很可愛的造型。

我第一次見到她時，她跟著艾蕾羅拉大人一起來。當時她身邊還跟著另一個小孩子。我下一次見到她時，她身邊的人是冒險者公會的會長。再下次則是在國王誕辰的忙碌日子，與艾蕾羅拉大人一起現身。艾蕾羅拉大人和冒險者公會的會長都是地位很高的人物，和這樣的人一起來到城堡的女孩是何方神聖？我原以為她是艾蕾羅拉大人的千金，但從她們的對話聽得出來不是。

衛兵之間議論紛紛。那個熊女孩是什麼人？可是，我們也不能詢問艾蕾羅拉大人或是冒險者公會的會長，所以謎團仍然沒有解開。

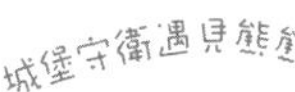

誕辰慶典的最後一天，城堡大門關閉，工作都結束後，包括非值班衛兵的所有人都被召集過來。我們的工作是輪班制，有時要看守大門，有時要到街上巡邏，有時則進行訓練。我們會輪流做這些工作，行動時基本上都是兩人一組。

為了進行報告，我們一個月會集合一次。可是，今天還不是集合的日子。

除了現在在看守大門的衛兵以外，所有人都聚集在這個會議室裡，氣氛跟平常不一樣。這是因為會議室裡有個平常不會出現在這裡的人。

「喂，為什麼艾蕾羅拉大人會來這裡？」

我身旁的羅依蒙德小聲向我問道。沒錯，艾蕾羅拉大人就在我們的面前。可是就算他這麼問，我也不可能知道答案。艾蕾羅拉大人頂多在巡視時露面，從來不曾像這次一樣出席集會。這個會議室平常總是很吵鬧，現在卻因為艾蕾羅拉大人的存在而特別安靜。大家都認為有重要的事要宣布。

「所有人都到齊了吧。」

艾蕾羅拉大人身邊的隊長開口說道。

「多虧各位隊員的努力，國王陛下的誕辰慶典圓滿結束了。感謝各位。」

隊長說出慰勞隊員的話。這次的慶典相當累人，因為一度傳出大量魔物出現的騷動。冒險者公會大舉出兵討伐，各種情報都傳了出來。有人說關於魔物的情報是騙人的，也有人說A級的冒險者打倒了牠們。雖然事情很快就平息了，但當時眾人非常緊張。

除了那件事以外，國王陛下的誕辰慶典平安結束了。

「國王陛下親自頒布了一份命令書。」

聽到國王陛下親自頒布了命令書，我們都繃緊神經。我們很少會收到這樣的文件，甚至可以說是從來沒有過。命令書是國王陛下親自頒布的，而且還是在誕辰慶典剛結束後。大家都在猜想會是什麼事，會議室裡一陣騷動。

「所以艾蕾羅拉大人才會來嗎？」

我身旁的羅依蒙德小聲說道。

這麼說的確很合理。艾蕾羅拉大人在國王陛下的手下工作，這就代表這件事有多重要吧。

「安靜。艾蕾羅拉大人會告訴你們詳細內容。」

隊長後退一步，艾蕾羅拉大人則上前。所有人的視線都聚集到艾蕾羅拉大人身上。

艾蕾羅拉大人接下來所說的話令人不敢相信。每個人的感受應該都跟我一樣。

因為內容是……

「如果有個打扮成熊的女孩子來拜訪，就要讓她進入城堡。」

「如果有個打扮成熊的女孩子來拜訪，就要將她視為客人接待。」

打扮成熊的女孩子是指那個女孩子嗎？我曾經偶然見過那個熊女孩。如果那個打扮成熊的女孩子來拜訪，就要讓她進入城堡嗎？

接著，艾蕾羅拉大人最後的一句話最令人不敢相信。

「如果有個打扮成熊的女孩子來拜訪，就要聯絡國王陛下。」

光是那女孩來拜訪，就要聯絡國王陛下？莫名其妙。那個打扮成熊的女孩子是什麼來頭？

「對了，可以的話也通知我吧。這不是國王陛下的命令，是我的請求喔。」

艾蕾羅拉大人用可愛的笑容說。雖然她是一位可愛的女性，同時卻也是個可怕的女性。千萬不可以惹艾蕾羅拉大人生氣。

「那個，請問打扮成熊的女孩子是什麼人？她是哪戶人家的千金小姐嗎？」

有人問了所有人都想知道的問題。他真是膽大包天。艾蕾羅拉大人聽到問題後，瞇起眼睛。她有點生氣了嗎？她應該沒想到有人會問問題吧。

「不管打扮成熊的女孩子是誰，都跟你們沒有關係。你問這種問題想要做什麼？」

艾蕾羅拉大人露出笑容，可是眼裡沒有笑意。

「不，什麼也沒有。」

發問的男人低下頭來。

「既然這樣，那就沒有問題了。」

她的意思是不准隨便詢問關於熊女孩的事。

我們只要把打扮成熊的女孩子當成與國王陛下有關的人就好，最好不要深入探究。我們只需要遵從命令。

「還有，絕對不能嘲笑她的熊裝扮，或是詢問關於熊裝扮的問題。不能讓她感到不悅喔。」

我吞下累積在口中的唾液。看來事情非同小可。

這一天晚上，我和下了班的同事一起喝酒。

「打扮成熊的女孩子啊。那到底是什麼樣的打扮？我完全無法想像。」

「對喔，羅依蒙德還沒有看過吧。」

「怎麼，你有看過嗎？」

「是啊，她有在我值班的時候來過。」

「她是什麼樣的女孩子？」

「這個嘛，她穿著很可愛的熊造型服裝。」

「可愛？你不是要說可怕嗎？」

也對，一般人聽到打扮成熊的樣子，都會想像真正的熊。會覺得可怕也很正常。

「不，該怎麼說呢？看起來很柔軟又蓬鬆。對了，就像布偶一樣。她的臉也是個可愛少女，所以看起來更可愛。你看一次就會馬上知道了。」

聽到我這麼說，羅依蒙德露出一頭霧水的表情。也是，如果沒有見過那個熊姑娘，我應該也會露出同樣的表情。

我今天也在城堡的大門值班，就在我快要忘記艾蕾羅拉大人宣布的王命時，我看見了打扮成熊的女孩子朝這裡走過來。

「那個打扮成熊的女孩子是……」

我的搭檔洛克對我說。

「是啊，她就是艾蕾羅拉大人的指示中提到的熊女孩。」

我想起如果打扮成熊的女孩子來訪，就要馬上趕去通知國王陛下的事。

誰要去通知？

洛克向打扮成熊的女孩子搭話。打扮成熊的女孩子說自己有向國王陛下取得入城許可，問洛克能不能進入。

我發現我們沒有討論好這件事。總之，一個人接待她時，另一個人要去通知國王陛下。

洛克確認了熊女孩的卡片，有禮地允許她進入城堡。洛克看著我——要我去嗎！

我壓抑著對洛克的不滿，跑去找國王陛下。我必須盡快向國王陛下報告。我從大門往城堡內奔去。從大門到城堡內有一段距離，我在漫長的通道上快速奔跑。

國王陛下所在的辦公室位在中央塔的上層，身為大門衛兵的我幾乎沒有來過這裡。

我終於抵達國王陛下的辦公室門前。

來是來了，但該怎麼做才好？

門前有士兵站崗，防止可疑人物進入。

「你有什麼事？」

士兵用懷疑的眼神看著我。也對，我氣喘吁吁地跑來，的確很可疑。士兵看著我，擺出備戰姿勢。

「請告訴國王陛下，打扮成熊的女孩子來了。」

我這麼說完後，士兵好像就了解了，回了一句「我知道了」。接著，站在門前的士兵敲了敲門，向國王陛下報告關於熊女孩的事。

我的工作就到這裡為止。我正要回到大門站崗的時候，想起也得通知艾蕾羅拉大人的事。

艾蕾羅拉大人在哪裡啊！

我跑遍了艾蕾羅拉大人可能會在的地方。

順利通知完艾蕾羅拉大人的我回到大門。

「辛苦了。」

「是啊，沒想到還要向國王陛下報告『打扮成熊的女孩子來了』的事。」

後來，我們只要遇到熊女孩來訪，就會跑去通知國王陛下。

最大的問題是艾蕾羅拉大人的行蹤。因為她會出沒在各種地方，比通知國王陛下還累人。

後記

好久不見了，我是くまなの。非常感謝您拿起《熊熊勇闖異世界》第八集。時光飛逝，故事已經來到第八集了。

這次優奈和菲娜收到了米莎的生日派對邀請函，決定參加派對。兩人決定做蛋糕和熊緩與熊急的布偶作為生日禮物。

後來，要參加派對的優奈卻被捲入法蓮格侖家與沙爾巴德家的貴族爭鬥。但多虧了優奈，眾人得以暫時壓制住沙爾巴德家，順利舉辦米莎的生日派對。

然而，參加派對的優奈面前出現了最大的敵人——諾雅帶著優奈的禮服登場了。優奈無法逃離派對，也無法拒絕諾雅，只好穿上派對禮服。

在這之後，法蓮格侖家與沙爾巴德家的故事還會繼續進行下去。希望大家能靜待第九集的發展。

我想消息應該已經公布了，《熊熊勇闖異世界》已經決定改編為漫畫。大家可以在漫畫中遇見優奈、熊緩與熊急。

我和責任編輯之前就說過「真希望可以改編成漫畫」，沒想到願望能夠成真。這樣一來，我就實現一個夢想了。

負責作畫的是せるげい老師，老師的畫風十分可愛。

想到今後不只是小說，《熊熊》的世界也會延伸到漫畫中，就讓我非常高興。今後請大家繼續支持《熊熊》的小說及漫畫。

最後我想向傾力製作本書的各位道謝。

感謝029老師這次也繪製了優奈、菲娜、諾雅、米莎等女孩們身穿禮服的模樣。能夠看到她們平常無法看到的裝扮，我很高興。

感謝編輯總是幫忙挑出錯字與漏字。另外，也感謝參與《熊熊勇闖異世界》第八集出版過程的各位同仁。

感謝閱讀本書至此的各位讀者。

那麼，我衷心期待能在第九集與各位再會。

二〇一七年十二月吉日　くまなの

異世界悠閒農家 1 待續

作者：內藤騎之介　插畫：やすも

在異世界翻土、伐木、種植作物……
無拘無束的農家生活！

不敵病魔而辭世的青年火樂，被神明復活並變年輕後傳送到異世界，並得到神明所授予的「萬能農具」，得以自由自在地在異世界拓荒耕種。過程中，不只是天使及吸血鬼，就連精靈與龍也接踵現身……轉瞬間便發展成村落規模，回過神來，自己已成了村長!?

NT$280/HK$90

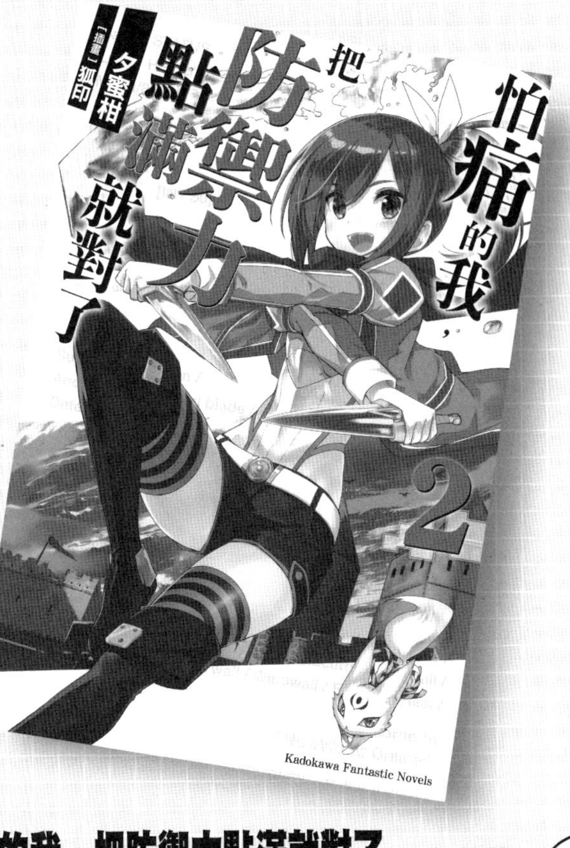

怕痛的我，把防禦力點滿就對了 1~2 待續

作者：夕蜜柑　插畫：狐印

最強初學者這回成了「浮游要塞」？
七天造就最硬傳說，即刻開幕！

新手梅普露在第一場活動中成為明星玩家之列，號稱「最硬新手」。這次她以稀有裝備為目標，要和夥伴莎莉參加第二場尋寶活動！打倒玩家殺手，輕鬆碾壓設定為打不死的首領級怪物，加上稀有技能惡魔合體後，梅普露終於成為「浮游要塞」？

各 **NT$200~220/HK$60~75**

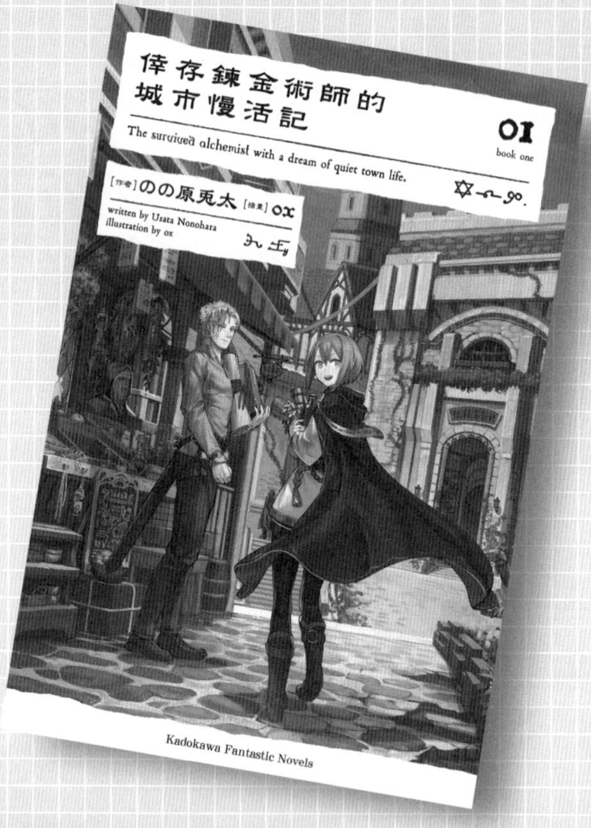

倖存鍊金術師的城市慢活記 1 待續

Kadokawa Fantastic Novels

作者：のの原兎太　插畫：ox

鍊金術師少女在全新世界以自己的步調生活下去——溫馨的慢活型奇幻故事，在此揭開序幕！

安妲爾吉亞王國因「魔森林」的魔物暴動而滅亡。鍊金術師少女——瑪莉艾拉雖逃過一劫，但從假死中甦醒已是兩百年後——映入眼簾的是鍊金術師已經全數滅絕，魔藥成為高級品的世界。她的願望是悠閒且愉快地在這座城市裡靜靜生活下去……

NT$300/HK$98

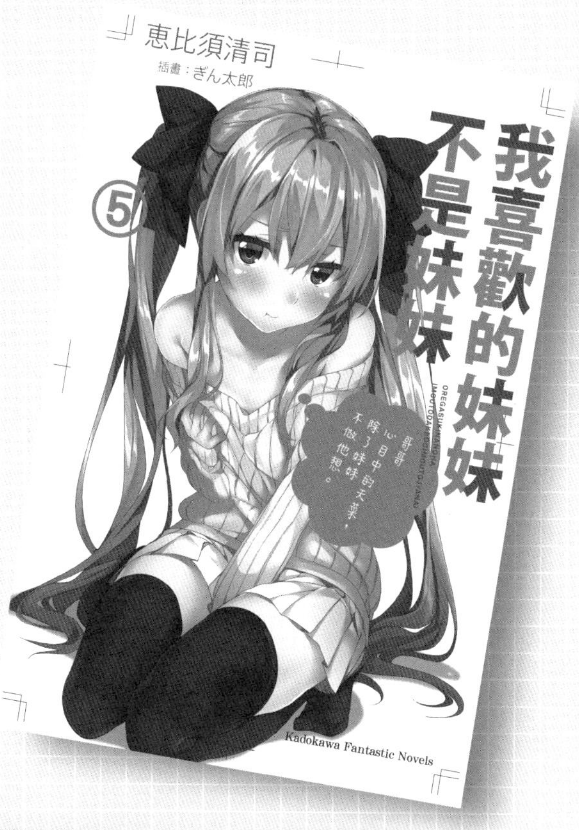

我喜歡的妹妹不是妹妹 1~5 待續

作者：恵比須清司　插畫：ぎん太郎

「請、請哥哥拿我當輕小說的女主角！」
涼花積極玩起形象變變變，連聖誕旅行都要演？

我因為女主角寫得不夠可愛而輕小說大賽落選，涼花的解決方案是找出我理想的女主角形象——結果涼花竟然主動扮起各種女主角，變變變的一直持續到聖誕節旅行，舞台跟著移到滑雪和溫泉取材……涼花一下像小惡魔，一下超寵溺，整個煞車失靈往我暴衝？

各 **NT$220/HK$68**

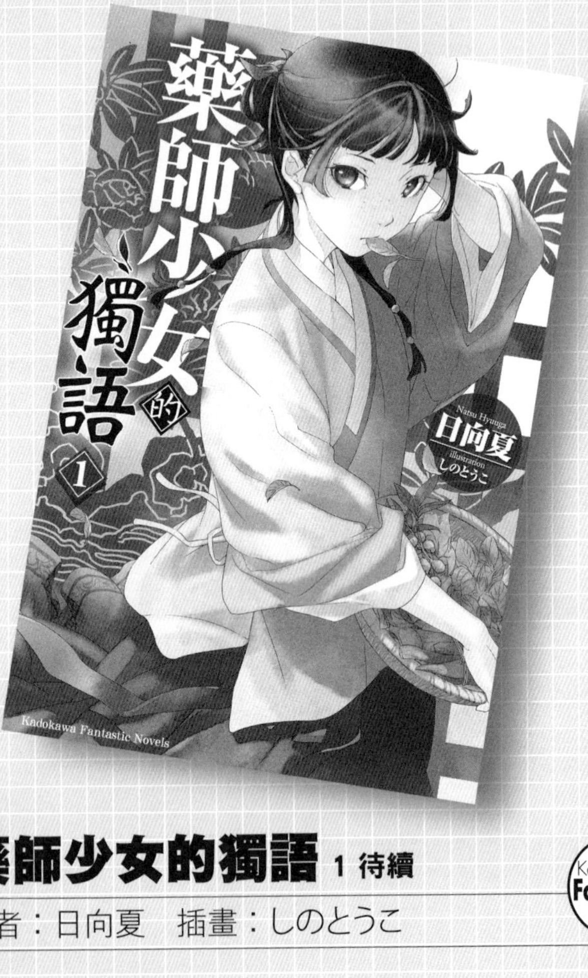

藥師少女的獨語 1 待續

Kadokawa Fantastic Novels

作者：日向夏　插畫：しのとうこ

後宮名偵探誕生？
酣暢淋漓的宮廷推理劇登場！

位處大陸中央的某個大國，有位姑娘置身於皇帝宮闕之中。姑娘名喚貓貓，原在煙花巷擔任藥師，眼下則在後宮做下女。其間，貓貓聽聞皇子身染重病而開始調查病因——以中世紀東方為舞臺，名偵探「試毒」少女將一一解決宮中發生的懸疑案件！

NT$220/HK$75

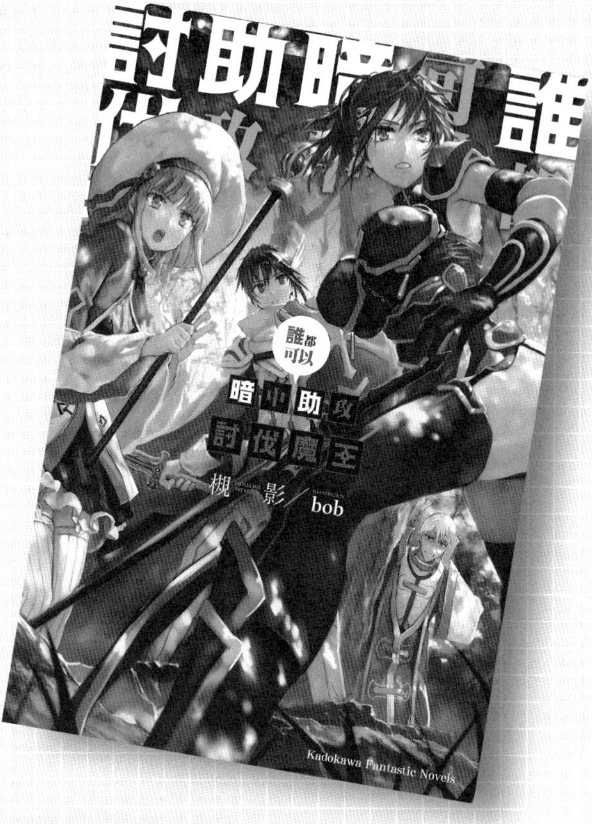

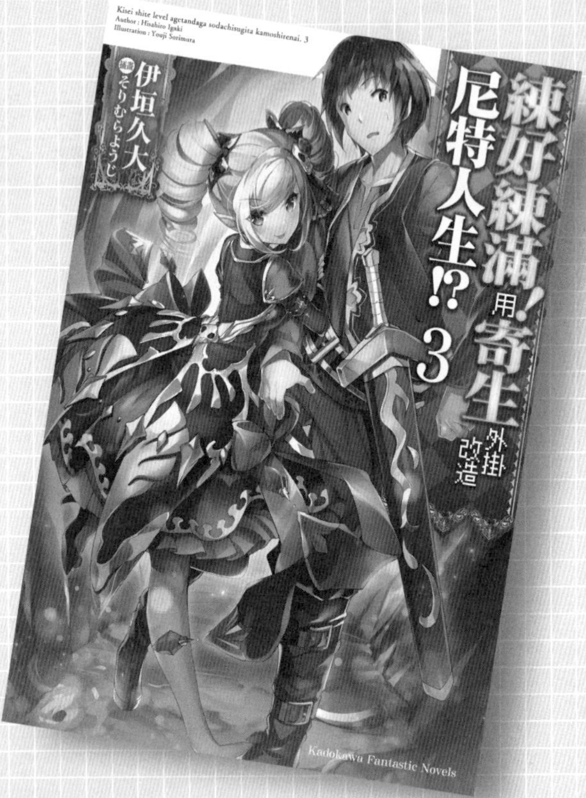

練好練滿！用寄生外掛改造尼特人生!? 1~3 待續

作者：伊垣久大　插畫：そりむらようじ

憑藉寄生之力輕鬆跳級入學——
迎戰吸血美少女率領的不死者軍團!?

榮司打著既能增長知識，還能邂逅強勁寄生對象的算盤，進入魔法學校。不死者的恐怖分子卻在這時也趁機潛入學校！壓制對方後，他發現敗逃的主將是個小惡魔系的美少女。偶然重逢下，榮司才得知她的行動似乎與其他凶惡強大的不死者有關——？

各 **NT$220~240/HK$70~75**

自由人生～異世界萬事通奮鬥記～ 1 待續

作者：気がつけば毛玉　插畫：かにビーム

等級MAX的懶散店主與妖精女僕的
異世界悠閒生活，第一集登場！

在異世界生活第三年的佐山貴大，是萬事通「自由人生」的懶散店主。真實身分其實是世界最強等級封頂者！生性懶惰卻又無法放下有困難的人不管的貴大，又是懲治惡德官員，又是擊倒傳說級魔物！明明只想低調生活，卻接連吸引性格獨特的女孩們？

NT$200/HK$65

國家圖書館出版品預行編目資料

熊熊勇闖異世界 / くまなの作 ; 王怡山譯. -- 初版. -- 臺北市 : 臺灣角川, 2019.05-

冊 ; 公分

譯自 : くまクマ熊ベアー

ISBN 978-957-564-916-6(第8冊 : 平裝)

861.57　　　　108003831

Kadokawa
Fantastic
Novels

熊熊勇闖異世界 8

（原著名：くま クマ 熊 ベアー 8）

2019年5月8日 初版第1刷發行
2023年4月25日 初版第3刷發行

作者：くまなの
插畫：029
譯者：王怡山

發行人：岩崎剛人
總編輯：蔡佩芬
編輯：邱璟萱
美術設計：黃永漢
印務：李明修（主任）、張加恩（主任）、張凱棋

發行所：台灣角川股份有限公司
地址：104台北市中山區松江路223號3樓
電話：（02）2515-3000
傳真：（02）2515-0033
網址：www.kadokawa.com.tw
劃撥帳戶：台灣角川股份有限公司
劃撥帳號：19487412
法律顧問：有澤法律事務所
製版：尚騰印刷事業有限公司
ISBN：978-957-564-916-6